マドンナメイト文庫

訪問調教 奥さんと娘姉妹を犯します

星凛大翔

目次

contents

訪問調教　奥さんと娘姉妹を犯します

第一章　悪魔の来訪

九月十日夜十時。

夏の暑さが影をひそめる夜だった。家のインターホンが鳴り響く。

（主人がこんな夜遅くに帰ってくるなんて珍しい……）

ダイニングルームのテーブルに座っていた河合志乃《かわいしの》は立ち上がってインターホンのモニターを覗き込むと、主人を抱《かか》えた見知らぬ青年が映っていた。

（誰かしら……）

夫の和也《かずや》は高校教師である。夏休みの間、サッカー部の顧問をしており、夕方になると帰宅するのが常であった。

（変な人ではなさそうね……）

玄関の扉を開けると、爽やかな印象の青年が立っていた。

「夜分にすいません。その、あの……」

青年は一礼して、家に入ろうとしない。

「主人が何かご迷惑でもおかけしましたでしょうか？」

志乃が尋ねると、酔いつぶれていた和也が顔を上げる。

「ごめん、久しぶりに教え子と会ってさ。つい、一杯飲みに行っちゃった」

酒臭い言い訳は呂律《ろれつ》が回っていなかった。

「じゃあ、あなたは卒業生の方ね。本当に迷惑をかけてしまったみたい。ごめんなさい、家まで送ってきてくれて」

「いえ」

青年ははにかんだ。

(可愛らしいこと……)

あどけなさの残る青年は、村本拓海《むらもとたくみ》と名乗った。

「そう。今日はもう遅いわね。あなた、帰りは大丈夫なの？」

「ええ、まあ、何とかなりますので……」

青年の態度はどこかハッキリしなかった。

ダークグリーンのロングシャツに黒のスキニーパンツ。清潔そうな服装と整った目鼻立ち、母性本能を疼かせる雰囲気である。

志乃は慌ててよけいな感情を振り払った。

「主人が卒業生を覚えているなんて珍しいの。これから夜道を帰るのは危険だわ。今日は泊まっていってください」

調子よく宿泊の提案をしてしまった。

実際、一軒家の自宅には誰も使っていない空き部屋がある。過去に高校のOBを泊めたこともよくあった。

「そんな……私は何もしていませんから……」

青年は志乃の歓迎に、困惑と動揺の表情を浮かべた。すると、主人が賛成の意を示す。

「そうだ。泊まっていきなさい。いいじゃないか」

「ええ、しかし、その、あの……」

拓海は煮えきらない態度のままだった。和也の勧めに視線を彷徨《さまよ》わせている。

(どうやら主人が振りまわしてしまったようね)

身長は百七十センチくらいだろうか。主人の和也と変わりない。

青年は念押しするように聞いてきた。

「本当によろしいのですか？」

「ええ、かまいませんわ。狭いですけど、部屋は空いていますから」

家には二人の娘がいる。長女の香織《かおり》は、国立大学を卒業して丸の内の大手企業に勤めている。次女の春奈《はるな》は体育会系の大学に通い、教師を目指していた。二人とも彼氏はいるらしいが、結婚するまでには至っていない。

その夜は、主人と拓海がリビングで飲みなおすということになった。志乃は先に空き部屋に拓海を案内したあと、寝室に入った。

（心配ないわね……）

志乃はキャミソールのワンピースに着替えると、ベッドへと潜り込んだ。

＊

それから数時間後。

寝室のドアが開いた。ドアノブが少し古くなっており、金属音が鳴った。朦朧《もうろう》としつつ、志乃は眼を覚ました。

（ようやく終わったようね……明日、大丈夫かしら）

時刻は確認していないが、深夜にちがいない。

志乃はドアへ背を向ける格好で眠っていた。夫がベッドに入っても、寝返りは打たないでいた。

ギシッとベッドのスプリングが軋《きし》んだ。

（あ、ピッタリとくっつくのね……）

夫婦のルールで、セックスしたいときは身を寄せることになっていた。イエスかノーは振り向くか振り向かないかで決めていた。和也はルールを忘れてしまったのか、くっついてくることは滅多になかった。

（こんな時間に!?　もう、朝になってしまうわ……）

志乃は当惑しつつも、正直嬉しかった。互いに四十歳を過ぎてから、求め合う回数は極端に減っていた。前回のセックスもいつのことだったか忘れたくらいだ。

志乃はアイマスクをして寝ているが、セックスが始まるときは、夫がそれを外すことになっていた。

「ふうう、仕方ないわねぇ……ああ、もお、変なところに押しつけないで」

ヒップにペニスの熱を感じとる。

（こんな大きかったかしら……）

相手はボクサーパンツを穿《は》いているようだった。布越しで、カリの形状までわかることはこれまでなかった。ふっくらと丸いヒップが窪《くぼ》むほど押しつけてきていた。

その熱意に打たれて、志乃は反対側へ向こうとした。刹那、手首を後ろ手に縛られてしまった。

「え、あなた……こんなプレイをしたいの⁉」

相手は無言のまま、志乃の唇を奪ってくる。

「はうむう、むちゅう、ううんっ……すごい……」

興奮気味に人妻はあえいだ。

(和也はこんなにキスが上手《うま》かったかしら……)

テクニックもさることながら、その熱量がすさまじかった。

欲望を叩きつけるように唇を押しつけてくる。口内を弄《いじ》られて、舌先が絡み合う。

「ふううん、あなた、今日は別人みたい……ああ、はむう、むちゅう……」

志乃は全力で反応する。

四十をすぎても、二十代のプロポーションと美貌は維持してきたつもりだ。

熟れた脂と筋肉質な身体はバランスを保っている。バストトップもダウンしないよう、いろいろ隠れた努力も重ねてきた。

（ああ、胸に手が……）

柔らかい手つきだった。これまで夜の営みで夫が志乃の身体をいたわることはなかった。だが、今日はキスと織り交ぜて次第に指をうずめてくる。

（え、いつの間に……）

片方の手が腹部をおりてくる。年甲斐もなく胸が高鳴り、身体が熱くなった。キャミソールを掻き分けて中指がトントンと叢《くさむら》を叩いてくる。

「あなた、早すぎるわぁ……うう、アソコね……」

人妻は片脚を上げる。すばやく指が布地のスリットを探りだす。

（何か変ね……こんな手慣れたことができたかしら）

和也は基本的に器用な人間ではない。熱心でひたむきな反面、不器用なタイプである。

「あなた、本当に和也？　何か手つきが……」

「こんばんは。拓海です。初めまして……」

その瞬間、志乃の総身が恐怖に震え上がる。手首は縛られており、身動きがとれない。アイマスクすら外すことのできない状況に、不安がどっと押しよせた。

「和也さんは寝ているよ。ぐっすりとね……」

爽やかな声が熟女の耳をくすぐる。

「拓海くん!?　ちょっと、いや、あの……」

燃え上がりそうな羞恥に身体が火照る。同時に身体を弄《もてあそ》ばれていることへの怒りが沸々と湧き、脳を煮えたぎらせた。

「ほどいてちょうだい。主人だと思ったの。勘違いしてごめんなさい。でも、あなたも、どういうつもりなのか、説明していただかないとね。いきなり、ベッドに入ってきて……神経を疑うわ。許せない……」

ピリッと志乃は語気を強めて口端を歪めた。不安や怒り、苛立ちが恐怖を増幅していた。汗がジワリと腋下ににじむ。

青年は笑った。

「何を言っているんですか!?　今までよがっていたじゃないか。アンアン言って。玄関で会ったときは、清楚で高潔な奥さまの雰囲気だったけど、ベッドじゃ貪婪《どんらん》な牝犬になるようだね」

＊

志乃は頬を真っ赤にした。しかし、すべてそのとおりだったため、反論できず呻《うめ》くしかなかった。相変わらず拓海の指は舟底を弄っている。

（何とか誤解をとかないと……）

「とりあえず話し合いましょう。お互いに冷静にならないと……。拓海くん、腕の縛りをほどいてちょうだい。これじゃ何も話せないわ」

「こっちは冷静ですよ。熱くなっているのはあなたでしょ」

「気を悪くしたなら、謝るわ。でも、あなたにも非はあるのよ……落ち着いて話をしないとね」

人妻のほうが状況は圧倒的に不利だった。

（このままでは……）

青年が押しつけてきたペニスの硬さを思い出す。

どうやら、凌辱の対象にされているらしい。抵抗されるのが厄介で、手首を縛り上げたのだろう。アイマスクをしている状態で後ろ手に拘束されると、何もできなかった。

「会話は成立しているよ。ただ、志乃が逃げたいだけだろ。おまけに話し合っても解決できないさ」

拓海は志乃の首に鋭利な金属を当てた。

「大声を出すんじゃない。出した瞬間に、あの世に行ってもらう。しばらくの間、ここを住家《すみか》にするからな。旦那の職業、家族構成、生活習慣、すべて話してくれ。もちろん、セックスしながらだ」

志乃は総身を硬直させた。

(この子、和也の教え子じゃないの!? いったい、何者なの……)

全身に鳥肌が立つ。いったいどうすればいいのかわからない。混乱で口の中はカラカラに渇いた。ドクドクと心臓は早鐘のごとく高鳴った。

「ショックのあまり、声も出ないかい……こっちも必死だよ。できればみな殺しにはしたくない。今まで俺が話したことを理解しているなら、まずは一発やらせろ」

「うう、わ、わかりました……」

志乃は了解するしかなかった。

青年は志乃の首からナイフを離した。アイマスクを外される。

拓海は枕元へ移動して、志乃のスマートフォンを操作した。テレビニュースを見ているらしかった。アナウンサーの音声がフルボリュームで部屋に流れた。

「えー、では、次のニュース。東京都内で発生している連続婦女暴行事件の犯人ですが、一カ月経過した現在も犯人の足取りがつかめておりません。防犯カメラ等の映像や目撃者の情報に有力な手がかりはなく、捜査は難航している模様。先日、被害者から聴取できた話によると、犯人の年齢は二十五歳から三十五歳の男ということが判明しております……」

そこで、音声は途切れた。

(連続婦女暴行事件!?)

青年と何の関係があるのか、よくわからなかった。

拓海はベッドの布団をはぎとった。

黒のシルクレースが、艶っぽく志乃を彩っていた。透明度は高く、フルカップブラジャーとショーツが丸見えになった。

「あなた、私をどうするつもり!?　ただの主婦のオバサンよ。レイプする価値もないわ……うう……」

恐怖のあまり、志乃の身体はガタガタと震えた。

(香織と春奈が帰ってくるのが少しでも遅くなりますように……)

拓海はおそらく二人の娘も狙うだろうと、志乃は思った。

不幸中の幸いだった。夏休みは二人とも計画があり、家に毎日帰ってはこないはずだった。

　フフフフ、と拓海は笑った。

「何を言っているのさ。夏休みや冬休み以外は、旦那を学校まで送り迎えしていただろ？　あの頃から、目星をつけていたのさ。いつか俺のモノにしてやるってね」

「本気なの!?　変な真似はやめてちょうだい」

　ナイフが志乃の頬を叩いた。

「今まで犯してきた女たちは、みんな初めはそう言っていたよ。セックスを盛り上げる演出なら刺さないけど……気をつけたほうがいいよ」

　ゆっくり金属の先端がレースの裾のふくらみで止まった。

　ナイフが動きはじめた。

　ピリピリと布地が裂かれて、志乃は身体をピタリと硬直させた。しなやかな生地は、簡単に左右へ切断されていった。やがて、砲弾のように突き出たバストが、空気にさらされた。

　あっというまにブラジャーとショーツだけの姿にされた。

「へえ、年齢と不釣り合いなオッパイだ。何かパッドでも入れているのかと思ったよ。旦那から自慢の奥さんだとさんざん聞かされただけあるな」

拓海の視線が無遠慮に志乃の乳房へと注がれた。今にもそこをむしりとられそうな狂気を感じた。

「和也はあなたを自慢の生徒と思っていたのに……残念だわ。ご両親もきっと悔やまれるにちがいないでしょうね……」

志乃は良心の呵責《かしやく》に訴えようとした。

「ふふ、自慢の生徒か。俺の自慢は、女を堕とすことぐらいしかないな」

悪びれずに、青年は飄々《ひょうひょう》とした口調で言った。

(なんて子なの、まったく罪悪感がないみたい……)

「私はあなたなんかに負けないわ。やれるものならやってみなさい」

度胸を据えて、開き直った。

「いいね、じゃあ、始めようか。家族構成はヤリながら聞かせてもらおう」

志乃は下着姿で、ため息をついた。

(恐怖感があるような、ないような……)

不思議な気分になっていた。羞恥心や屈辱感はもちろんあった。

だが、それ以上に、青年の雰囲気にのまれていたのだ。何とか更生させたい、と思わせる純真さが拓海にはあった。

「私を狙う目的は何？　美しい女性なら、他にもたくさんいるわ」

「志乃は隠れたダイヤモンドさ。フェロモンあふれる女だよ。それをこれから磨いていく」

「そうね、ピカピカになるといいわね……」

萎えさせようと志乃は言葉を合わせた。

殺されるかもしれない状況で、肝《きも》の据わった態度をとれるのは、教師の経験から来ていた。志乃もかつては教鞭をとっていたのだ。

（ハッタリをかましているようにしか思えないわ……）

幼いスケベ心が透けて見えた。

青年は満足げに女の太ももへ手を置き、ゆっくりと撫でまわしてきた。

「じゃあ、足を開いて。志乃のオマ×コがどういう形か、じっくり観察しないとね。いきなり犯したらショックが大きいだろ」

志乃は目鼻立ちのくっきりした美貌を曇らせた。

「寝ぼけたことを言わないで。あなたに見せられるわけないでしょ。何様のつもり？いきなり何を言いだすかと思えば……」

拓海はボンヤリした表情でベッドに上がってきた。

それまで掛け布団で見えなかったペニスが志乃の前にさらされる。赤黒い切っ先から先走りの白い珠が鈍く光った。

「お前に拒否権はないんだ。まだ状況がよくわかっていないのか？」

低くドスの利いた声は、拓海の外見からはかけ離れていた。志乃は一瞬、気勢を削《そ》がれた。その隙に、両足首に手錠をかけられた。手錠は両脇のポールへ引っかけられた。

（何の勝算があるというの……）

一家が住んでいるのは閑静な住宅街だった。叫び声をあげれば、周囲の住人に気づかれるのは、誰でもわかるはずだった。

「俺には人殺しぐらいできるのさ」

鋭利なナイフが足元に突き立てられた。志乃光は金属の放つ光に目が釘づけになった。拓海はナイフをベッドへ刺して並べた。

「いや、やめて……ああ、うう」

夫との愛の寝床を傷つけられて、志乃は危機感を植えつけられていった。しぶしぶ開脚した志乃の左右の足の脇にナイフが等間隔で刺されていった。

（これでは動けない……）

　みるみる顔から血の気が引いていった。恐怖に顔が引き攣って呼吸が荒くなり、太ももに力が入った。

「もっと怯《おび》えろよ。まあ、泣いてばかりの熟女とシッポリやっても意味はないか」

　拓海は志乃の股間に座った。ショーツを指でなぞってきた。

　志乃はピクッとヒップを震わせて、うろたえた。

「触らないで。なんで知らない男に……」

　屈辱感が志乃の胸にこみ上げた。

「反応が鈍いな……説き伏せられるとでも思ったのか？　できるわけないだろ。ただ、俺の玩具になっていればいいんだよ」

　ショーツ越しにうごめく青年の指は巧緻に長《た》けていた。掬《すく》い上げるように、中指で穿孔を突いてくる。

「んふう、ああ、いやあっ……」

＊

急速に志乃の身体は昂《たかぶ》っていく。

(指遣いが気持ちいい……)

拓海の指戯はツボをつかんでいた。気がつけば腋下に顔をうずめてくる。羞恥心より、女悦が勝っていた。

「なんだ、もう濡れているのか。最近、旦那とセックスしていないのか?」

屈辱的な質問に、志乃は答えられるはずがなかった。

「知らないわ。言えるはずないでしょう……」

「ふうん。じゃあ、オマ×コに聞いてみましょうか」

拓海は紫色のショーツをグッと押してきた。身体をよじれない志乃は、左右へ首を振った。淫らな熱が股のつけ根に灯《とも》された。

「ふうっ、ううっ……」

四十を超えた女盛りの身体がムラムラした性欲へと繋がっていった。

「甘い匂いが漂ってきた。フェロモンたっぷりだ。ふふ、志乃の香りは特別かな。どうだろう」

青年の思わせぶりな言葉に志乃は顔を真っ赤にした。

「わかったようなことを言わないで……子供のくせに……」

つい見下す言い方になってしまった。

(怒らせるのはマズいわ……)

あどけない雰囲気とは関係なく、拓海の行動は予測できなかった。青年の顔色は変わらなかった。指遣いが荒くなり、ショーツをクイクイ押してきた。

「男はセックスのとき、童心にかえる。女のフェロモンは、男にしかわからないよ。牡を引き寄せる柔らかい匂いさ」

「やっ、近づかないで……あうっ」

拓海は志乃に覆いかぶさってきた。口で器用に紫色のブラジャーのフロントホックを外してきた。薔薇模様のパッドが左右へ弾け飛んだ。ブルンッと、メロンバストが艶めかしく揺れた。

「二十代のみずみずしさがある。オッパイはふっくらとして綺麗で丸い。乳首も黒ずんでないし、ピンク色を保っている。乳輪も大きくないね」

「そんなふうに解説しないで……見ないで!」

志乃は突き放すように言った。

身体は後ろ手に縛られていた。美乳がムッチリとした量感を際立たせた。拓海は恍惚の瞳で、唇を乳頭へ近づけてきた。そして無抵抗の志乃の双房にかぶりついてきた。

「いや、いやああっ……ふむうっ」

嫌悪感がこみ上げて、気の強い志乃の眉毛が歪む。突き刺されたナイフのせいで、身動きがとれなかった。

（身体を傷つけたくない……）

志乃は美意識が高く、自分の身体に切り傷を一ミリでも残したくなかった。

拓海の手が志乃の白い乳房をゆっくり揉みたててきた。

「柔らかいオッパイだ。どうする？　俺に服従すると誓うなら、ナイフは外してやる」

拓海は生温かい舌を出して、紅い乳首に触れてきた。

「うう、わかったわ。ち、誓います……」

志乃は唇を噛んだ。

（一時的でも、従っておいたほうがいいわ……）

下手《へた》に傲慢な態度をとっても意味はなかった。

志乃は屈辱感に脳みそを沸騰させながらも、隷属の誓いをたてた。ベッドに突き刺されたナイフの刃先は鋭く光って見える。

「少しは素直になってきたのか、それとも熟女の甘い罠か……」

拓海は卑猥に笑って、ナイフを握った。

志乃は青年を睨んだ。

「ほら、早くナイフを……お願い……」

哀願すると、拓海に睨み返された。油断のない視線の強さが、志乃の心を萎縮させせる。

「まあ、いいだろう。誓約の証拠を見せてくれよ……」

拓海は鋭利な刃物の柄をつかんで投げ飛ばした。

「何よ、証拠って……」

「俺に服従するフリだけされても、困るからな」

志乃はプルンッと豊満な胸を弾ませた。

(服従の証《あかし》なんて、知ったことではないわ……)

まだ、逃げ出す意思は消えていない。何とか拓海の眼を盗んで、部屋を飛び出すつもりだった。

「いきなり言われても困るわ。もう、こんな恥ずかしい姿をあなたに見せているの。

誓約には充分よ……」

「わかっていないな……」

「あ、あうっ！」

刹那、パアンッと強く頬を張られた。信じられないといった虚ろな表情で、志乃は呆然となる。左の頬が熱をもってきた。

「まだ寝言をこく呑気なところがある。しょうがねえ。俺のチ×ポが一瞬で射精するぐらいのプレイをプレゼンしろ。そうしなければ、ナイフを首に突き立てるぞ」

あどけない表情を持つ青年は悪魔と化していた。志乃の裸体を弄《もてあそ》ぶだけでなく、自ら思考するよう仕向ける。強姦魔としての経験値を匂わせた。

「うう、やったこともないのに、突然無理よ……」

美乳を弾ませて、志乃は涙目で訴えた。

「旦那から元教師と聞いているぞ。できるだろ？　パパッと機転を利かせろ」

今度は反対の頬を引っ叩かれる。スナップをきかせており、人妻の頬は一瞬熱くなるが、すぐに冷たくなった。

*

「じゃあ、あなたが生徒の役で、わたしが教師役というのはどう？　教師が生徒にレイプされる設定で……ううっ……」

　仕方なく志乃は言った。それは、聖職者だった経歴に泥を塗る行為であった。熟女は悔しくて唇を噛んだ。

　拓海は舌なめずりした。ゴクリと生唾を飲みこむ。

「悪くない。ここは保健室で、あんたは養護教師の役にするか。マザコン高校生に、熟女教師が貫かれる感じはいいな……」

「変態……勝手にしなさい……」

　清楚な人妻は、夫とのセックスでプレイのアピールポイントがわかっていなかった。志乃は豊満な裸体をくねらせる。

「じゃあ、志乃が誘惑して、暴走させろ。できなければ、旦那の心臓にナイフがグサリだ……」

　和也を脅迫の材料にされ、志乃は黙ってうなずくしかなかった。

（ここで耐えれば……）

　しばらくして、熟女は思考を切り替えた。

「拓海くん。ここは保健室よ。誰がやってくるかわからないわ。あなただけの先生ではないの……わかってちょうだい……」

志乃は困惑の様子で内股を閉じた。

「わかってないのは志乃先生さ……俺がどれだけ先生のことを好きなのかわかっていないから、そんな冷たいことを言うんだ……見てよ」

青年はいきり立つ股間を志乃に見せつけてきた。

「ええ、そんな……勃起したペニスを見せられても、先生困っちゃうわ。もう、どうしてほしいの……」

養護教師を演じながら、志乃は本気で困惑していた。

(なんて大きいの……)

若さほとばしる逞しい肉棒は、飴色に張りつめていた。野太い茎胴には無数の血管が浮き上がっている。何人もの美女を切り裂き、貫いてきた百獣の王の象徴すら漂っている。

「もちろん、志乃先生の中に入りたい。もう、一気に串刺しにしてしまいたいくらいだ」

生徒役の拓海は、本当にあどけない高校生に見えた。ズキンと母性本能が疼き、切なさがこみ上げる。濡れた瞳で志乃は言った。

「ダメよぉ。いきなりなんて、先生は聞いてないわ。精力昂《たかぶ》る男子高校生じゃないの。

女性には心の準備が必要なのに……仕方ない子ね。その火照りを冷ましてあげる。どうしてほしいの？」

　すると、青年は手首の拘束をほどいてきた。甘えるように志乃の身体に抱きついてくる。振りほどくこともかなわず、人妻は青年の頭を撫でた。

「先生の口で……してほしいな。もうカチカチだもん」

　青年は頰を双房に押しつけてきた。びっくりするほど、拓海の体温は高かった。怒張がムチムチの内股に押しつけられる。先走るカウパー氏腺液が異常に熱かった。

（口で!?　フェラチオをしろというの……）

　志乃の女心が揺れた。

　過去の男性経験から、フェラチオをしたことはあるが、夫に奉仕した記憶はなかった。それを、凌辱魔の青年に施すのは、かなり勇気がいることだった。

「どれぐらい硬いのかしら？　ほら、仰向けになりなさい」

　拓海は一瞬、殺気の炎を瞳に宿した。志乃の合図で、ベッドへ横たわる。さり気なく、ブラジャーとショーツは剝ぎ取られていった。

「先生のアソコを見せてくれたら触ってもいいよ」

　志乃のヒップがビクッと震えた。

「ううっ……わがままな子！　ホラ、これで満足でしょ」

志乃は羞恥に燃え上がった。拓海の麗美な顔に大きな熟尻をまたがせる。シックスナインの体位で怒棒に触れた。

（熱い……長くて太い……）

間近で見ると、壮絶な猛々しさに舌をまいた。禍々《まがまが》しい牡欲が無数の子種の放出を待ちかねて、肉棒に詰めこまれているようだった。

志乃はエラが張った鈴口を、手のひらで転がしていく。

「もう、先生とヤル気満々じゃないの。本当にエッチな子ね。どうしようかしら。先生は人妻なのよ。はあ……お漏らしまでして……」

志乃は白い指先でペニスの尿道口をクルクル撫でまわした。

「あううっ、虐めないでぇ……出ちゃうよぉ……」

拓海は鼻息を荒くした。

志乃は叢を濡らした。黒い恥毛の先端から、愛液が拓海の口へ落ちる。

「うう、熱いわぁ……ふふ、このましごいていれば爆発するわね」

志乃は聳え立つ肉茎を握った。燃えるような淫棒に、勝手に指がピクピク震えた。

「志乃先生……どうしたのさぁ、ホラ、舐めて、慰めてぇ……」

弱々しい声で拓海が腰を動かしはじめる。

志乃は小陰唇から愛液をあふれさせていた。青年は白い太ももを抱きしめて、女裂に唇を寄せてくる。

（いや、こんな恥ずかしいことできない……）

志乃の戸惑いを吹き飛ばすように、拓海は縦割れの赤肉へキスをしてきた。ビクンッと美臀が動いた。

「ああっ……うっ、くっ……いやああっ！」

羞恥に耐えきれず、志乃は悲鳴をあげてしまった。

「どうしたの？　先生。早く俺のオチ×チンをしゃぶってくれ。オマ×コはいやらしく濡れているくせに、何を迷っているの？」

拓海は舌で陰唇をなぞり上げてきた。志乃は眉をたわませた。

「わかったわ、チュパ、はうむ……」

ペロリと舌で亀頭を突き舐める。

「あご、ほおお……」

ビクッと拓海の腰が跳ねた。トロリと我慢汁が流れる。

「爆発するときは言ってね。先生の顔を汚してもいいけれど」

「悩ましいな」

「ああん、エッチな子！　フフ、レロレロ、チュパッ……」

大袈裟に水音が鳴った。

「んお、出ちまいそうだ……」

「いきなり顔に出さないでよ……」

志乃は髪を掻き分けて、気持ちを落ち着ける。

（顔射なんてさせるはずないでしょ）

拓海のわがままに、志乃は内心腹を立てた。

「先生の舌遣いで、射精しそうになる」

「ああ、やああっ、そこダメえ……」

ネットリと小陰唇に舌が這う。

（アソコが燃えそう）

＊

ほとんどクンニリングスされた経験はなかった。だが、気持ちよさと新鮮な刺激に腰回りは痺れた。

「フフフ、けっこう弱いな……いきなりクリトリスを咥えなくてよかったぜ」

「んあ、やあっ、そんな……」

ギシギシとベッドが軋む。

（ああ、快楽で頭がおかしくなりそう）

下腹部を意識してしまい、フェラチオに集中できなかった。

拓海はわずかに腰を突き上げてきた。

「ナメナメはやめないでね、先生……」

「んむうう……はい。はうむ、むちゅう……」

下腹部が疼いた。

（もう、フェラチオに没頭するしかない）

志乃は亀頭冠まで口内に頬張った。野太い怒張は、想像以上の熱を孕《はら》んでいた。

「ぐおお、気持ちよすぎる……」

「ジュポ……チュパッ……ウフフフ」

あどけない青年が快楽によがる。少年のような声が鼓膜をくすぐった。

（この声も毒だわ……）

拓海が人畜無害な人間に見えてしまう。

ところが、青年の淫戯は手練手管が優れており、人心を惑わす技巧まで身についていた。しかも、すべてはセックスをするために使われる才能だった。

「チュルルル……レロレロ……先端がいいのね」

「そうそう。ふおお」

拓海は肉悦に咆哮した。クンニリングスは放置し、志乃の身体に我を忘れている。

(びっくりするくらい無防備になるのね……)

志乃は丁寧に肉竿へ舌を滑らせた。

「禍々しいペニスでも、舐めてあげれば、可愛いものね」

「至極名言だな。そういうことを言えるのが、先生のいいところだ」

トロリと我慢汁があふれた。

志乃はチュッと唇を寄せて、亀頭を一気に吸い上げた。

「んあ、はあっ、先生のフェラチオいいよ。初めてとは思えないくらい」

「お褒めに与《あずか》かり、光栄だわ。やっぱり、射精させてから、ゆっくりクンニリングスしてもらってもいいかしら」

「ああ、そうだね……バックで突いてあげる」

「バック？　わかったわ……」

ギラッと拓海の眼が光った。

「んん、大きくなって……」

膨らんだ亀頭を、志乃はチロチロと舐めていった。

(ジワッと我慢汁が出てくる)

濃厚な白い粘液があふれた。

「焦らさないでくれよ」

「一気に激しくしたら、すぐに終わってしまうわ……」

＊

(この子は、セックスまでやる気だから)

拓海の雰囲気から、ゴムは使ってこないだろう。前戯が終われば、肉棒で貫いてくる。もちろん、中出しもしてくるはずだ。

一滴でも多く吸いとっておきたかった。

「気持ちいいなら、長く楽しんだほうがいいわ」

志乃は亀頭を半分近く頬張った。

「んおお……」

拓海は不満そうな声を引っこめた。

「また硬くなっている」

「先生のフェラチオがエッチだから……」

「そうかしらね」

志乃は妙な気分になった。

(夫にもフェラチオした経験はほとんどないのに)

未経験の口愛撫に、拓海は恍惚の表情になっていた。

「ソフトとハードな舐めの差が激しぃ。でも、もう少し、変化をつけてくれないかな。疼きが大きいから」

野太いペニスが左右に揺れた。

「わがままな子ね。ずっと咥えていればいいの?」

拓海はうなずいた。

(うう、口の中に……)

夫でもない男のペニスを口内愛撫するのは、もちろん抵抗感があった。

「はうむ、むちゅう、チュパッ、はああ……」

「ほおおうっ、そうそう……」

志乃は右手でギュッと肉竿を握った。

(荒々しい……)

「ああ、ダメ……」

吐き捨てるように言って、志乃は身体を起こし、肉竿から手を離す。剛直は、白魚のような指を滑り抜けた。

「やっぱり無理よぉ……ああ、バックなんて……」

逃げようとする志乃の髪が容赦なくつかまれた。

「バックセックスも経験ねぇの？　四十年も生きて、何をしていたんだ？　正常位とオナニーで我慢するから、ロクなセックスアピールもできなくなるんだよ！」

「あ、あなたに関係ないでしょ。あんっ……」

拓海は尻間の陰核に吸いついてきた。へなへなと志乃の身体から力が抜ける。

「旦那は酔いつぶれて意識もねぇ。どうせ、近所も牝犬の遠吠えなんて聞き逃すだろ。一回、女に戻れ」

拓海の嬲りからデリカシーが消失した。

「はあんっ、クリトリスいやっ……ああんっ」

甘い痺れに志乃の背中が反り上がる。

(犬みたいに……)

青年は飢えた獣のごとく、熟女の膣陰を責めてきた。卑猥な水音が擦れ合い、二枚ビラから舐められる。

「セックスだけはしているマ×コだな。鶏冠の肉は厚い。スケべっぽく開いてきた。いい香水の匂いがするぜ」

拓海の台詞は、さっきまでの演技とかけ離れていた。後背位では、顔も合わせられず説き伏せることもままならない。志乃はただ内奥を焦がす欲望に耐えるしかなかった。

(アソコを舐められるなんて……)

セックスのときに陰唇を披露したことはない。恥ずかしさに発狂しそうな気分だった。

「いやあ、見ないでぇ……もう、やめて……」

志乃は手で爛熟の花園を隠そうとした。

拓海は鼻を鳴らした。

「今さら恥ずかしがるなよ。それとも、自分の指でやりぬくか？　だったら協力してやる」

クチュッと細長い指が、男の指といっしょにヴァギナへ埋めこまれた。指先から膣襞の泥濘《でいねい》を感じとる。ネットリと柔らかい粘膜が志乃の指を締めこんだ。

「ああんっ、違うわぁ。いや、離して……うぅっ……」

啜り泣く女の頬に涙が流れた。

「頃合いだな……俺のチ×ポも射精したくて、仕方ないんだ」

志乃は驚いて背後を振り返る。

脈打つ肉傘が不気味に黒光りしていた。

「やあ、ナマで入れるつもり？　嫌よ、冗談じゃないわ」

人妻は青年との結合を拒んだ。

「あんたに選択権はない」

冷酷な通告に、志乃は豊かな尻を揺らした。

拓海は逞しすぎる牡棒を花弁へとあてがってきた。志乃は片方の手で肉棹を握りしめる。

（あ、熱い……）

情欲のほとばしりに、熟女は驚嘆した。青年は本気で自分とひとつになろうとしているのだ。子宮にムラムラと淫らな炎が燃え上がり、身体を巻きこんでいった。

「ゴムをつけて……お願い……」

志乃は孕むことに怯えて嘆願した。

「面倒なことは嫌いだ。どうせ、最後はナマでぶちこむから関係ないよ。今か、あとかの違いだろ」

絶望的な返事に、熟女は言葉を失った。

白い腕をつかまれて、丸いお尻が青年に晒されていた。シミ一つない綺麗なヒップへ、青黒い剛直がめりこんできた。

あまりの圧迫感に志乃は美貌を上げた。

「ああんっ、いきなり……」

叫ぼうにも声が続かない。

拓海のペニスは、雄々しく野太い幹だった。志乃は少し挿入されただけで、窒息感にあえいだ。

（こんなことが……）

身体の内奥が燃やされていった。拓海はがむしゃらに突いてこない。馴染ませるためにゆっくり挿入してくる。あどけなさに似つかわしくない老獪《ろうかい》な腰繰りが、志乃の脳を焦がしてきた。

「ほお、いいマ×コだな。もっとガバガバかと思っていた。ネットリといやらしく絡みついてくる。志乃はムッツリスケベな女だな」

落ち着いた口調で、揶揄《やゆ》された。

志乃の意思に反し、花弁は肉棒を迎え入れた。膣粘膜が押し拡げられると、肉傘へ纏《まと》わりついた。息むと、熱い膣穴が亀頭を締めあげた。

「違うわぁ……あなたにわたしの何がわかるっていうの!?　離しなさい。やめて……はんんんっ……」

拓海はゆっくり肉棒を胎内へ穿《うが》ちこんできた。ミリミリと狭隘《きょうあい》な膣路が軋みながら、拡張された。志乃は甘いあえぎ声しか出せなかった。

＊

「ううお……グチュグチュしてきた。気持ちいいだろ？　嘘ついてもわかるぜ。けっこう嚙みつきがいい」

志乃の手首が背中に回された。手綱《たづな》のようにつかまれて、興奮気味に腰を打ちこんでくる。焼け石のような異物感が、志乃を狂わせる。ヌプッと肉と肉が捏ねくり合うと、ゾワゾワッと甘い快楽に白いヒップが弾んだ。

「ああっ、もう……なんて……」

年端もいかぬ青年と見下していた志乃は、老練な穿ちこみに眼を瞬かせる。逃れられない肉悦が、人妻をとらえて離さなかった。

(緩急がすごいわ……)

夫の和也とつい比較してしまう。

馴染ませるよう微妙なスピードで抜き差しされる。その塩梅《あんばい》が志乃の求めるリズムと合致していた。白い豊乳が卑猥に揺れる。

「最近セックスしていないようだな……おまけに、旦那のチ×ポよりいいだろ？」

「知らないわぁ！　夫のことは言わないで……」

白肌をうねらせて、志乃は妖艶な瞳で拓海を見上げた。

膣襞は熟女の意思に反して、愛しく肉幹を搾りぬいた。グググッとカリに襞が貼りついた。

(勝手に身体が……)

これでは、拓海の言っていることを認めているも同然だった。

「図星か。ずいぶん、腹ペコみたいな反応だったからな。正直でよろしい。少し激しくすると、すぐにイキそうだな……」

間髪入れずに青年は腰を打ちつけてきた。

「そんなことない……うう、違うのぉ……」

志乃は啜り泣きながら、美貌を振りたくった。女しか持てないフェロモンの甘い体臭が、二人を包みこんでいった。

あまりの屈辱感に、熟女は相貌をベッドへ沈めようとする。しかし、拓海は一段強い律動へギアチェンジしてきたため、志乃の美貌が上がった。

「ああっ……」

身体の芯を剛直で串刺しにされて、志乃の身体は蠱惑《こわく》的にしなった。その反動で、別のスポットが捲られて、ビクンッと肢体が跳ねる。

「感度良好だ。だが、気持ちよくさせるだけではつまらない」

これまでのピストン運動がやんだ。

もう、志乃の胎内はドロドロに蕩けていた。

ゾロゾロとグラインドされて、空虚な切なさが子宮に宿る。すると、野太い肉棒で蹂躙されている現実感が、ジワリと志乃の心を穢していった。

（夫以外の男に膣を……）

貞淑と清楚さを何よりの誇りにしてきた。侵入犯を甘く見すぎた初動が悔しくてならない。気がつけば、女膣は拓海専用に上書きされている。

「ふうう、どうしたのよ……さっさと犯しなさい、この変態！」

掻痒感《そうよう》に焦らされて、志乃の癪に障《さわ》った。

拓海は人妻の感情のうねりを楽しむように、グラインドを続けてきた。

「俺にとっては、のんびりマ×コを抉っているだけで充分だ」

拓海は呻き声をあげた。

ビクビクと痙攣する肉幹は、今にも射精しそうだ。中出しをやめさせようと、志乃が口を開いた。ところが、鋼鉄の硬さで女壺は埋めつくされて、エラで膣襞を抉られると、女悦しか出てこなかった。

（なんて卑怯な真似を……）

拓海のペニスは、確かに夫より大きく、熱量を持っていた。その存在感を志乃へ刻みこむため、ゆっくり抽送しているのがわかった。

「志乃の身体が、俺なしでは生きていけないようにする。まだ馴染んでいるのかわからないうちに、孕ませても仕方ない」

青年はもっと緩急をつけてきた。

膣の浅瀬までエラを戻すと、しばらく膣襞と戯れさせてきた。もどかし気に志乃がヒップを揺する頃合いを見計らい、ヌルッと内奥へ穿ちこんでくる。

「はあ、はうっ……はうむ、ふ、ふううっ……」

志乃は拓海を迎え入れるため、呼吸を整えるようになった。引き抜かれるときは、胸いっぱいに空気を詰めこみ、膣が肉棒で充たされるときはゆっくり吐いた。

（こんな……翻弄されるなんて……）

志乃は悔しさに泣きだした。

ただし、気の強い人妻は、まだあきらめていなかった。身体の肉欲は屈しても、心まで折れるわけにはいかなかった。

＊

やがて、拓海のリズムが変わりだした。

「抜群の嵌《は》め合いを、志乃にも感じてもらわないと……」

愛液に濡れる肉傘がギンと漲《みなぎ》りを増した。容赦ないねじりこみに膣襞が拡げられる。逃げようのない肉悦が志乃を痺れさせてきた。

(今までよりも奥に……)

夫の和也に開発された膣壺は、若さほとばしる青年の肉槍に突き崩される。

茎胴はビクともしないが、怒張の先端には弾力性があった。子宮頸部へゆっくり押しこまれ、先端を使って、クイッと深く嵌めこまれる。

「ああっ、それ以上ダメェ……あおーう、おおーっ」

拓海は子宮へ赤黒い切っ先を当ててこすってきた。

どす黒い熱量の孕みがソフトにタッチされ、志乃は天を仰いだ。ピリピリと切なく胎内が収縮し、肉棒を搾りぬいた。

(おかしな声が出してしまう……)

ムッチリとした桃尻が強張《こわば》る。おぞましい怒棒を咥えこみ、志乃は快楽に打ちのめされそうになっていた。刷毛《はけ》塗りの汗にきらめく背中を、拓海の腕が抱きしめてくる。

「気持ちいいなら、声に出さないとダメ。ね、志乃……」

拓海のうっとりするような美声が耳元を擽《くすぐ》った。甘える手つきで、志乃は乳房を揉み揺われ、耳目に舌を挿入された。反っていた白い肢体がベッドへ崩れ落ちる。

「そんなこと言われても……ああ、んんんっ……」

ドッと全身に汗をしぶかせ、志乃の理性は肉欲に塗りかえられる。キリリと搾りぬく怒張は、女壺の入り口まで引いていった。

(ああ、イッてはダメなのにぃ)

まろやかな柔肌に男の腕が食いこむ。憎らしいほどのソフトタッチなピストン運動に、襞が痙攣を起こしていった。

女香を嗅いで、拓海は呻いた。

「うおお、すごい締めつけだ……一番奥に出してあげる。そのあと、志乃の家族構成を聞かせてもらおうかな……うう、出るぅ」

射精の始まりを膣で感じて、志乃は慌てふためいた。だが、熟壺は肉棒を捉えて離さず、人妻に逃げる力は残されていなかった。

志乃は涙をためた瞳で哀訴する。

「お願い、中にだけは……」

膣内にだけは出さないで、と志乃は言うつもりだった。あえぎ声でつまずき、言葉が繋がらない。拓海は汗ばんだ身体をぶつけながら、歓声をあげた。

「中にだけ注いでほしい。それを聞いて安心した。たっぷり出すから、しっかり受け止めてね……うう、もうイク……おおおお、喰らええ！」

　肢体を弓なりに反らせて、志乃は悲鳴をあげた。獣じみたいななきは、女悦と切なさをないまぜにした、艶っぽさを帯びていた。

　裏筋からせり上がった熱い欲情の淫液は、亀頭を膨らませたあと、噴き出してきた。物凄い水圧で子宮へ浴びせかけられる。マグマのような熱さに、熟女の身体は汗をしたたらせて、卑猥な牝イキをさらした。

「ああ、お腹に、たくさんきた……ああ、あなたごめんなさい。志乃ぉ、イク、ああ、一番奥に射精されて……い、イクッ……」

　大きく爆《は》ぜた拓海と時を同じくして、志乃も妖艶に裸体をわななかせて、ビクビクッと震えて、頂点へ昇りつめた。

*

（なんてこと……和也がすぐそばにいるのに……中にナマで出されてしまうなんて……それもわけのわからない青年に）

　懺悔《ざんげ》の念と後悔の呵責に身体を焦がせて、女欲が満たされていった。この上ない脱力感に、性欲の泥沼へ転がり落ちていった。

短い呼吸を続けて、熟女は悪夢のセックスが終わると安堵した。ところが、膣内の屹立はいっこうに萎える気配がない。それどころか、拓海は女体を側位にして、ゆっくりと腰を回してきた。

「ちょっと！　これだけ射精して、まだヤルつもりなの……」

ふたりの体位が変わり、拓海の怒棒の先端が膣壁を圧《お》してくる。咎《とが》めようとする志乃のぽってりした唇から、甘いあえぎが噴きこぼれた。

クスクスと青年は笑った。

「一回で終わる奴にこんな危険な役ができるか！　それに、あんたから娘さんの話を聞かないと……あそこの写真立ての牝二匹のことだ！」

あんっ、と志乃は切なく吠えた。抜き差しの角度を微妙に変えられるだけで、甘美な刺激が腰回りを蕩けさせる。

(香織と春奈まで襲うつもりなの……)

黙っていると、ズシンと重い衝撃が子宮に響いた。その後、聳え立つ肉茎は、志乃の肉壺から去ってしまう。切なさが胎内に募ると、志乃に逃げ道はなくなっていった。

「教えてくれれば、いくらでも突いてあげるよ」

「こ、この悪魔！　あ、あんんっ！」

澄んだ声をしならせて、志乃は弓なりに上半身を反らせた。
＊

九月十一日。

朝日が射す頃、志乃は眼を覚ました。拓海の姿はなく、夢幻のように消えている。

珈琲の匂いが台所から漂ってきた。

「おーい、朝だよ、志乃」

和也の元気そうな声を聞いて、人妻は安堵した。

（あの子、帰ったのかしらね……）

ショーツとブラジャーはしっかりと肌身につけられていた。同時に、粘っこいドロリとした感触が子宮回りを疼かせた。獣のような性交が蘇《よみがえ》り、志乃の顔は真っ赤になる。頭を振って、意識を切り替えるしかなかった。

布団を捲ると、切り裂かれたキャミソールが足元に丸まっていた。急いで衣装ケースにしまい、スカートとシャツを着た。

「あなた、昨日の子とどこで会ったの？」

朝の挨拶も忘れて、志乃は台所に入るなり、和也に尋ねた。

和也はスーツ姿に着替えていた。振り返った夫は怪訝《けげん》な表情を妻に見せる。

「昨日の？……悪い、酔っていてあまり覚えていない……誰かに声をかけられたのは記憶にあるが。何で……滅多に酒は口にしないはずなのに……」

本当に覚えていない、といった様子だった。学校と家の間には、酒場通りがあり、そこで声をかけられたのは覚えているらしい。

「そう……なの。実は……」

そこまで口に出しかけて、志乃は黙ってしまった。

（しゃべらないほうがいいわ……）

拓海は得体のしれない人物であり、素性《すじょう》も怪しかった。教師の体面を考えても、夫に無用の不安を与えるのは妻の役目ではない。

「どうした？　何かあったのか……」

珈琲カップを置いて、和也は志乃の両肩を抱きしめてきた。

「いえ、何でもないわ。朝食にしましょう」

志乃は明るく微笑んだ。

＊

昼すぎに長女の香織が帰ってきた。最近は家に戻ることは少なくなっていた。

「連絡してくれれば、迎えにいったのに……」

玄関で出迎えた志乃は口を尖らせた。

香織はピシッとしたスーツ姿で、顔をそむける。

「必要ないわ。そろそろ実家とマンションの行き来もやめようかと思っているから」

戻ってきた理由は、別にあった。

（いつもどおりの様子みたいね……）

庶民的な一戸建ての玄関に佇《たたず》む母の姿は、今までと変わりない。同性から見ても二十代後半から三十代前半に見える若々しい美貌は、相変わらずだ。

「近所で噂になっていると思うけど……連続婦女暴行犯が捕まっていないでしょ。ちょっと心配になって。ここら辺は閑静な反面、治安がよくないから」

刹那、志乃の表情に複雑な影が落ちた。

「大丈夫よ。香織は母さんが狙われるとでも思っていたの？　こんなオバサン、誰も見ていないわ。それより、あなたのほうが心配だわ」

ハイヒールを玄関に揃えると、香織は髪を搔き上げた。

「犯人に付き合っているほど、暇じゃないの。父さんは学校？」

「ええ……実は合宿で明日帰ってくるの」

母親は視線を落とした。

「じゃあ、夕方まで二階で休ませてもらうわ。ちょっと必要なものを取りに来ただけだから」

香織はトントンと階段を昇っていった。ベージュのストッキングがスラリとした生足を艶っぽく彩る。背後から志乃の声が追ってきた。

「母さん、午後から出かけますから。誰も来ないと思いますけど、用心してくださいね」

「大丈夫よ、外出しないから……」

バタンとドアを閉じて、香織は一息ついた。

（やっぱり帰ってこなければよかった……）

八畳洋間の部屋は、綺麗に片づけられていた。ハンドバックを投げる。

「あー、疲れたー」

バネのきいたベッドへ、香織は倒れこんだ。そのまま、心地よいまどろみに沈んでいった。

眼を覚ましたのは、身体を動かせられないもどかしさと、耳障りな音のせいだった。

「な、何なの……」

＊

鼓膜をふるわせたのは、青年の声だった。

「お疲れさまです。香織さん、初めまして」

「だ、誰!?」

スーツ姿のまま、香織は上半身を起こした。

青年は不敵な微笑みを浮かべた。

「ご存じないですか？　以前お会いしたことがあると思いますよ」

「知らないわ。家に勝手に入ったの？　警察を呼ぶわよ」

スマートフォンを握りしめた。

「村本陽介《ようすけ》の弟です」

「え!? 今何て……」

一瞬、頭の中が真っ白になった。

(陽介の!?)

香織には恋人がいる。村本陽介という名だった。

同じ会社の営業部に所属していた。相手は、弟の村本拓海と名乗った。寝起きで混乱する二十七歳の女は、必死に脳を働かせた。

「そういえば……」

(陽介から、弟の話を聞かされたことがあるわ)

実家でも持て余している実弟の話を聞いたことがあった。

勤務先の役員が、陽介の父親であった。拓海の存在は揉み消されているらしい。だが、いつか大きな問題になるかもしれないと、陽介は話していた。

「元プロサッカー選手の村本拓海くん? 確か、増強剤か違法薬物の使用で永久追放になったと聞いているわ」

「ご存じでしたか。兄がお世話になっております」

拓海は慇懃《いんぎん》に頭を下げた。黒いパーカーとスウェットを穿いていた。

恋人から話を聞いていたため、香織には悪魔の訪問に感じられた。

「私は陽介の弟と何の関係もないわ。ご用件は？」

落ち着いて、拓海の目的を尋ねた。

「兄のお礼をしたくて、伺ったのです」

「お礼？　意味不明だわ。関係ないと言っているでしょ」

自然に身体が恐怖で震えた。

（そういえば、陽介さんが忠告していたわ）

本気で付き合いたいから、しばらく身辺に気をつけてほしい。詳しい理由は、説明してくれなかったものの、拓海が関係しているのは明白だった。

拓海は、ゆっくりとスマートフォンを差し出した。

「すでに、志乃さんにはお礼をしています」

「母さんに？」

嫌な予感が胸を高鳴らせた。

青年は動画を見せてきた。音声はミュートにしているようだ。

「な、こ、これって……」

香織の美貌が一瞬で曇る。あまりのショックに声を失う。

（なんていやらしいセックスをしているの）

動画は、志乃と拓海のセックスだった。

「あなた、母をレイプしたの!?」

「何を言っているのですか。和姦です。だって、喜んでいるじゃないですか」

拓海はスマートフォンをさらに眼の前に突き出してきた。

そこには肉欲によがる志乃の痴態があった。

「こんなものがお礼？　犯罪じゃないの。あなた、ドーピングで懲りたと思ったら、同じ真似を繰り返しているの？」

呆れた表情で、香織は相手を睨みつける。

拓海は肩をすぼめた。

「俺はお礼に来ただけです。先生が、有名チームに推薦してくれたお礼です」

トゲのある言い方だった。

そのとき、香織は顔色を変えた。

（そう言えば、この子の所属していたチームは……）

香織が勤務している丸の内の企業は、プロのサッカーチームのスポンサーにもなっていた。当時、拓海はその企業がスポンサーになっているプロチームへ行きたかったらしい。

だが、和也は拓海の将来性を見こんで、トップチームへ推薦した。

（レベルが高くて、ついていけなかったとか聞いていたわ……）

「ある程度の事情は、兄から聞いているようですね」

ニヤリと拓海は笑った。

「努力不足は、ドーピングの理由にはならないわ」

「わかっていますよ。でも、先生が口を出さなければよかった話です」

「それで逆恨み？　わたしをどうするつもり？」

ベッドの上を後ずさりする香織の頬に冷や汗が伝った。

「志乃さんといっしょです」

「暴れるわよ。警察に通報するわ」

「それはできませんよ」

「どうして言いきれるの」

「志乃さんの綺麗で淫らなセックスの動画が、世界中に流出しますからね」

香織は唸った。

（この子、本気だわ）

何とか相手を思いとどまらせなければならない。

青年は不思議そうに首をかしげた。

「ふうむ、兄にマジで気があるようだな」

「どうして？」

「どうでもよければ、暴れるだろ」

「母の動画もあるわ」

「あんたのセックス動画じゃないぜ。そんなに身内の不祥事が恐いかね。まあ、それは当たっているようだな。俺の親父も兄貴も、ビビっているだけで、手出ししてこないからな」

拓海はすべてをわかって、犯行に及んでいるらしい。

「……」

「変な真似はするなよ」

「何をしろと言うの？」

怨嗟《えんさ》をこめて、香織は相手を睨む。

「机の縁に手をついて、ベッドのほうにケツを突き出せ」

「な、何ですって……」

破廉恥すぎる要求に、香織の顔が真っ赤になった。

「志乃も帰ってこない。タップリ時間はある。仮眠したから、もう寝る必要もないだろ」

「まさか……」

香織の顔から血の気が引いた。

西日の入る洋間で、二十七歳の女は呆然とした。

「年増くさい格好しているけど、兄貴の趣味はわかっている。見えないところに、エッチを求めるからな……」

「うるさいわね。嫌よ。助けてぇ……」

本気で大声を出したつもりだった。

だが、蚊の鳴くような弱々しい悲鳴に終わった。誰にも聞こえるはずがなかった。

「ホラ、早くしろよ」

ドカッと青年はベッドに腰を下ろした。

香織はベージュのスーツ姿で、机の端に手を置いた。いわゆる立ちバックの体位になる。ハート形の臀部を、相手に近づけた。

「なんでこんな目に……」

「嫌そうな顔をするなよ。兄貴のような淡白なセックスはしないからさ」

「いやあっ……」

タイトスカートを思いっきり振った。

青年の右手が、シュルシュルと布地をさすってくる。

「ふうん、プロポーションは抜群だな」

「よけいなお世話よ。やめてぇ……」

小顔で整った顔を、恐怖に歪ませる。

(この視線……)

オフィスでは経験済みのものだ。

ふっくらと丸々したなめらかなヒップは、何をしても注目を浴びてしまう。

「ベージュのストッキングとは……」

「何が悪いのよ……んんっ……」

「何も言っていない。素敵だなと褒めようと思ったのに」

拓海の手が臀部の下におりた。

「すごい大きさだな。サイズは?」

「知らないわ」

香織はブンブンと左右に桃尻を揺すった。

（いやらしい熱……）

相手の手のひらの温度が、ストッキングとスカートから伝わった。

「知らないの!? じゃあ、測ろうか？」

メジャーを取り出されて、香織は眼をつぶる。

「九十六です」

「え!? もっと大きな声で言ってよ。急にしおれちゃって」

ビクンッと香織はのけ反った。

（左手がデリケートゾーンに……）

強い刺激に、ズンッと胎内が鈍く疼いた。

「ヒップのサイズは九十六ですぅ……」

「ほおお、すごいね。バストは？」

「わかりません……ああっ……」

グニグニとスカート越しに、ラビアを押された。

「聞こえなかったかな。胸の大きさはいくつ？」

何度もしつこく拓海は聞いてくる。

「はんっ、九十三ですう……」

「へえ、大きいねえ。あとで確認させてもらうかな」

「それより、手を止めて。動かさないで」

「感じてきちゃったから？」

「違います。感じるはずないわ」

長い黒髪を振り乱し、香織は否定した。

撫でまわしていただけの手が、複雑な動きへと変わった。皺をつくるスカートの生地が尻から離れた。

「ああ、強く擦らないで……」

「さっきの顔とは別人だな……」

青年の指が、緩急をつけて舟底に迫ってくる。

（いや、こんなの……）

抵抗を強める心とは反対に、香織の桃尻は高々と上がった。

「いいね、もっとかまってほしそうだ」

「違う、違うわ……」

「お尻は素直だ……」

右手の親指がクリトリスを押してきた。

「ああっ……いやああっ……」

　刺激の種類が変わり、香織は太ももを震わせた。

（足に力が入らないわ）

　奇妙な電気が背筋をかけ抜けた。

「ほお、遊びまわっているＯＬかと思った。意外と清楚みたいだな」

「何よ、意外って……」

　香織は背後に振り向いて、目尻を吊り上げる。

「外見がおとなしそうでも、セックスに明け暮れる女も増えている。あんまり使い古したマ×コなら、ドン引きする。だが、新品に近いな……」

「なんて言い方をするの……うう、甘く見ないで。簡単に言いなりになるものですか。絶対にあんたなんかに屈しないわ」

　桃尻をクネクネと動かしながら、香織は声を強めた。

「ククク、その意気だ」

「はあんっ、んんんっ……」

「イカない女なら、俺もあきらめてやる」

「うう、本当に？」

「ああ、感じない女とセックスしても、意味ないからな」

不敵な微笑みを絶やさず、拓海は秘所を責めてくる。

(この子の触り方は、簡単にあきらめるタイプとは逆……)

＊

電車内での痴漢を思い出した。

拓海の指遣いは、手練手管に長《た》けたプロの手口だ。ただ、美女の尻をさわれば満足するタイプの男たちとは一線を画していた。

そんなとき、香織は悪魔の手を払いのけ、凌辱の場から逃れたものだ。

今は、あらゆる意味で、強く抵抗できない。

「いい反応になってきたな」

「わたしは何も……ああ、ひゃんっ……」

「フフフ、嘘は身体に毒だぜ……」

「あなた、悪魔よ。鬼畜、非道、痴漢!」

「何とでもどうぞ。だが、クロッチ越しで感じているよな」

「うう、はんっ……」

香織は机の上に顔をのせていた。もはや、縁をつかんで、耐えることもできない状態だった。

(ジンジンがとまらない……)

布越しでも、媚肉の奥に淫炎が渦巻いていた。

西日が沈みかけて、蜩《ひぐらし》の鳴き声で部屋はいっぱいになった。少しずつ薄暗くなるなかで、拓海の責めは止まらなかった。

「うう、もう諦めなさいよ」

「いい匂いがしてきている。オマ×コを見てから判断してやる」

「やああっ……」

香織はストッキングの桃尻を振りたくった。

(冗談じゃないわよ……)

残暑にストッキングを穿く理由はあったのだ。

「あ、いやっ、脱がさないでぇ……」

涙目で香織は振り返る。

「遠慮しなくていい」

「そうじゃないわ。馬鹿なことはやめて」

「ふーん、逃げるのかな」

挑発的に拓海は鼻を鳴らした。

カッと香織の身体が熱くなった。

「勘違いしないで。あなたがやっている行為は強姦なのよ」

奥歯をギリっと噛みしめ、屈辱に耐える。

「今だけだよ。香織次第で、和姦になる」

不気味な笑い声が聞こえて、香織は総身に鳥肌を立てた。

「ああ、やっ……」

「こんな暑い時期に、ストッキングねえ」

「いやあっ、やめなさい。よして……」

「スカートは脱がしたし、ショーツは剝ぎとれないし」

「そんなこと聞いていないわ」

ウエストの位置まで、ベージュのストッキングを穿いていた。

拓海はタイトスカートを綺麗にたたみ、ベッドの脇へ置いた。

「じゃあ、この状態のまま楽しむか」

「それもいや、ああ、んんん……」

　肉厚なヒップの曲線が揺らめいた。

（恥ずかしい……）

　少しずつ暗くなる部屋で、桃尻は卑猥な姿になっていた。

「本当に大きなみずみずしい桃だよな」

「褒められても嬉しくないわ」

　この状態で、香織は何もできなかった。

（相手の気をそらさないと……）

　責めがやんで時間さえたてば、疼きはおさまると思っていた。

「芸術的な丸みというか、柔らかさというか」

「いやあ、さわらないで……」

　二十七歳の美女は悲鳴をあげた。

　ストッキングのテンションが、ふっくらとした桃尻を引き締めている。優美な曲線が独特の光沢を放っている。

「フフフ、嫌がると、男はよけいに燃えるよ」

「うう、あ、あああっ……」

ひとしきり尻肉を撫でまわされる。

(性癖がこの子にわかってしまう……)

香織は内心、悔しさに打ちのめされていた。

「何か隠しているな……」

拓海の両手が、ストッキングの縁をつかむ。

「やめて！　脱がしちゃ、いやぁ」

部屋に入っていた陽の光が途絶える。

＊

(あああ、一番不味《まず》いときに……)

ギュッと二十七歳の美女は眼を閉じた。

「おびえることでもあるのか？　とって食べるような真似はしないさ」

グイッとストッキングが剝きおろされた。

「あぁん……」

香織は奇声をあげる。机の上で両こぶしを握りしめた。

「ほお、いい肌しているねえ」

恍惚感に浸り、拓海は桃尻へ手を伸ばしてくる。

（ああ、さわらないでぇ……）

もち肌に青年の指が触れた。刹那、女尻から、甘ったるい汗が一気に噴き出した。フェロモンムンムンの体臭が、周囲を包む。

「ふあ、あんんっ……」

香織のあえぎ声が、淫靡な湿り気を含む。

青年は無言で桃尻を撫でていた。やがて、ポツリとつぶやいた。

「昼から夜の切り替わりに、性感が変わるのか。おまけに、尻から桃の香りが漂うとは。淫乱女と言えば、何もかも片づけられるかなあ」

「生理的な問題よ。変なこと言わないで」

「だって、この汗は普通じゃないよ」

「だから、やめてって言ったのに……」

香織は時間を稼ごうとした。

（この三十分が勝負になる）

排卵期の性癖だった。

朝、昼、夜のバイオリズムが切り替わる頃、異常に性感が上昇するのだ。それだけなら、問題はない。

「いい匂いだね」

殺気のこもった視線がヒップに突き刺さる。

（この子、わかっているわ……）

タイミングの切り替わりで襲われたら、これまで蓄積していた肉欲が一気に芽吹いてしまう。だから、異性はおろか、同性にも肌をさらさない。

「あなたに少しでも他人を思いやる気持ちがあるなら、嫌がる女性に手を出さないで」

香織は相手の良心に訴えた。

もちろん、青年は聞き入れるはずもない。

「セックスは生まれつきの宿命だ。どうやって、いいメスと交尾するか、オスは命を張る。敵はオスだけではない。真の敵はメスだ」

「わたしをメス扱いしないで。敵って……野性の動物とは違うわ。人間よ」

「優秀で美しく、色気があるメスは、オスを篭絡する。メスが悪いのではなく、メスの性格と性質が真の敵なのさ。弱点を責める。セックスの定石だ」

悲鳴をあげた香織の黒いショーツの腰紐がほどかれる。

「やああっ……」

ふくよかな桃尻の谷間から、レースショーツが剝きおろされた。

(ああ、もう、このままでは……)

壁にかけてある時計を見た。三十分には程遠い時間しか経過していなかった。

「ふうん、煮えたぎっているな」

拓海はペロッと肉扉の上を舐め上げた。

「ぐううっ、は、あああっ……」

嵐の前の静けさが、部屋を支配していた。

(ああ、ラビアを嬲られている……)

秘粘膜の重なりを割り裂かれたら、どうなるのだろう。特殊な性癖に気づいたときから、香織は自慰で誤魔化してきた。

「さて、うむ……いくか」

「やあっ、やめて。もう、それ以上はしないでぇ」

「いきなりチ×ポでブスッといくと、香織がショック死しそうな勢いだな。あながち間違っていないだろう?」

「うう、答えられるはずないでしょ」

「じゃあ、エロいオマ×コに聞くよ」

「あ、あおーん、ああんっ、あっ、はあんっ」

大ぶりな身体が跳ねた。

身長一七五センチの香織は、モデルができるほど、ボディバランスがいいと評判だった。周囲に褒められても、香織自身には自覚がなかった。

(こういう目にだけは遭いたくなかった)

生温かい舌の動きが、香織の脳内を掻きまわす。

「んあっ、は、は、はあっ、やっ……」

「ふふ、いい反応だ。チュパ、チュチュ……」

むんずと蜂尻をつかまれては、抵抗できない。

「やあぁっ、おかしくなっちゃう……」

両足に力をこめても、すぐに抜けてしまう。

拓海は舌なめずりした。

「叢《くさむら》の陰毛も切り揃えてあるし、膣襞も蕩け具合がいい。舌でなぞったぶん、湿り気のある汁が漏れてくる」

「言わないで、ああ、いや、やあああっ……」

闇に包まれていく部屋で、香織の身体は少しずつ痙攣していた。

(イクのいや……)

拓海よりも早くアクメに到達すれば、約束を破ったことになる。悪魔の青年からくだされた条件すら守れなければ、差し出した身体を取り戻せなくなる。

「潤み具合もいいが、襞が細かいな。おまけにマ×コは小さい。兄貴と本当にセックスしているのか？　コンドームセックスだろ」

「よけいなお世話よ……あぁんっ……」

もう、香織の理性は崖の端に立たされていた。

(舌の動きもいやらしい)

軟体動物のように膣襞を乱打してくる。

「あん、あああ、そこダメ……」

「ほお、Gスポットだけはあるのか……」

暗闇の中で、卑猥な水音だけが大きく聞こえた。

(電気もつけられない)

部屋の電灯をつければ、周囲からセックスが丸見えになる。隣接する一戸建ての二階の部屋は、カーテンをしていなければ筒抜けであった。

(犬みたいに)

青年は桃尻の谷間に、ためらうことなく、顔をうずめてきた。

「舌先がポルチオに届いた。ビクビクしているな。イキそうか」

「うう、やあっ、中を吸わないで……」

膣壺を吸引されると、掻痒《そうよう》感が大きくなった。香織は何かが近づいてくるのをハッキリと感じとった。

(もう、これは……)

首の皮一枚で、アクメに飛ばされないよう、我慢していた。だが、責め方を変えられれば、一瞬で防波堤は崩される。

「じゃあ、ここはどうだ?」

何気なく、拓海はクリトリスを甘噛みしてきた。

コリンッという硬い音が、香織の脳内で紅く鳴った。

「ああんん……やあっ、イク、香織、イクウッ!」

刷毛《はけ》塗りの汗を飛ばして、香織は弓なりに上半身を反らした。

＊

「あひ、あひいい、あんっ、やあああっ……」

二十七歳の美女の子宮から、一気に淫汁が噴きこぼれた。

（ああ、イク……こうなると……）

残された理性が囁《ささや》いてきた。

特殊性癖の時間帯にイクと、香織の子宮の疼きを止める方法は限られてしまう。

「ククク、イッた!?　じゃあ、逃がすことはできねえな」

悪魔の青年は笑いながら、秘裂にキスマークをつけてきた。

あんん、と香織はいななくしかなかった。

「ちょっと、ここで続けるの!?」

困惑気味に香織は言った。

青年は頓着しないで答えた。

「じゃあ、どうしたいのかな」

「このままじゃ、外からのぞかれるかもしれない。声が漏れるかもしれないわ。カーテンをしても、たかが知れているわよ」

「はあ、それで？」

「せめて、見えない場所に移りたいわ」

「淫乱なお姉さんだ。もう、男を咥えこもうとする気が満々のようだ。いいねえ。そんな夢みたいな場所があるのかねえ」

「あう、ううう、お風呂場よ」

恥辱に歯ぎしりしながら、香織は言った。

「ふうん、いいけどねえ……」

「なに、何が不満なの……」

「脱衣所から浴場までの間、香織は奉仕するつもりはないのか。せっかくアクメに飛ばしたのに。裸になるまで、黙って服を脱いで待っていろと言うのかい」

「何をしろと言うの」

「そうだな……騎乗位で服を脱いでもらおうか」

拓海の提案に、香織は顔色を変えた。

「冗談きついわ。セックスしながら、ストリップまで披露するの!?」

「俺が言いだした話じゃないぜ」

「うう、わ、わかったわ……ただし、ゴムをつけて」

香織の要求に、青年は口端を歪めた。

「寝言はやめろ。どこにゴムを丁寧につける強姦魔がいるよ。きっちりセックスを済ませるだけだ」

「あなたねえ。弟さんでしょ。少し妥協しなさい」

相手は村本陽介の弟である。

(悪行で逆に脅してやるわ……)

まだ、十倍返しをする気力は残されていた。

チラッと暗闇の部屋で、拓海は香織の顔を見た。

「まだ戦闘力がありそうだな。いいよ。じゃあ、ゴムつきで騎乗位な」

傲慢に言って、ズンズンと青年は一階に下りた。

＊

完全密室の脱衣場と浴室に入り、香織はホッとした。少なくとも近所に痴態をのぞかれる心配はなくなった。

(ここで騎乗位をするのね……)

拓海はすでに服と下着を脱いでいた。

「よいしょ。ゴムはつけたくねえ」

「ナマはいや……どうなるかわからないもの」

「兄貴はやめて、俺と結婚しろよ」

「強姦魔と!? 冗談はやめて……」

脱衣所は、二畳の狭い空間であった。

「庶民的な広さだなあ……」

拓海はあおむけに寝た。ゆっくりとゴムをペニスに装着していた。大きすぎるペニスに薄皮は根元まで覆えなかった。

「精子を中にぶちまけなければ、問題ないだろ?」

「そ、そうだけど……」

「さあ、俺は約束を守ったぞ」

「ううう……」

香織は拓海の肉砲の上に立った。

(まだ大きくなっているわ……)

屹立は漲《みなぎ》りを増している。浴室の橙色の灯が、脱衣所に流れこんできた。

「全部いきなり入れなくていいから、とりあえず座れよ」

諭《さと》されて、女はゆっくり腰を落としていった。

（ペニスが大きすぎて、アソコが壊れそう）

とても収納できる肉棒のサイズとは思えなかった。

香織がムチッとした足を曲げて、膝を落とす。

「脱衣のほうに集中させてやるよ。先端だけあてがえ」

「んんあっ、熱いぃ……」

焼きゴテを押しつけられたようだった。

（なんて太いのぉ）

白いゴムのおかげで、恐怖感は弱められた。

それでも、野太いペニスの切っ先は、鋭いキノコのような形で、香織の華蕊を狙っていた。

「ふうう、じゃあ、服を脱いでいくわ……」

「バスト九十三だっけ……本当かよ」

「ガッカリしたら、セックスやめるの？」

「逆だな。満足できるまでやめないから、時間を伸ばすかもしれない」

何を言っても焼け石に水と香織は悟った。

(見られながら服を脱いだことはない)

ブラウスのボタンを外していく。

「ふうん、確かにバスト九十三っぽいな……」

「わかるの？　意味不明だわ……」

ドンと巨乳がブラウスから飛び出した。

拓海の鼻息が、荒くなったように感じた。

「いい胸をしているな……」

おもむろに拓海の手が香織の身体へ伸びてきた。

「あ、こら、やめて、やめなさい……」

「俺は待ちきれないよ。少しずつ尻を落とせ」

「うう、さっきと違うじゃないの」

黒いフルカップブラジャーを弾ませる。

大きすぎる怒張が、膣壺をこじ開けてきた。淫らな熱が、内奥に伝わる。

＊

「んあ、大きい……」

「狭すぎるだけだ。慣れれば何とかなる」

青年の眼が光った。

（本能的に結合を早めたいのね）

性感が上昇している間に、濡れ洞へ牡棒の感触を刻みたい。そんな野心が透けて見えた。

「ホラ、オマ×コを沈めろ……」

「いや、両方無理よ」

「あとは、ブラジャー外すだけだろ。仕方ねえ」

「え、何を……あ、ああーん……」

ヌチャッと粘っこい摩擦音が耳に貼りつく。

（腰を突き上げて……）

拓海は耐えられなくなったらしい。下から腰を突き上げてくる。

「やっ、激しぃのいや、あ、んんっ……」

「ブラジャーは俺が外してやるよ」

「え!?　けっこうよ」

「香織はチ×ポにマ×コを嵌めこめ」

器用にフロントホックを外されて、パッドが左右へ跳ね飛んだ。

「ほお、志乃のオッパイより弾力性がありそうだな」

「母さんと比較しないで……」

「そのわりには、オマ×コがなあ。処女みたいだ」

「言わないでぇ……」

「柔軟性が抜群の場所だから、慣れるって」

ゴムを装着しているせいか、拓海は強気で迫ってきた。

(受精しないからって、いい気にならないで)

かすかに膣襞は痺れる。いやらしい快感に子宮が疼いた。

「仕方ねえ」

「何をするつもり……」

蝶の刺繍《ししゅう》がほどこされたブラジャーを脱衣箱に入れる。

「小さな壺は、馴染ませて大きくするしかない」

グイッと太ももを内側から押された。

開脚させられた香織の白くまぶしい豊麗なヒップが、あどけない青年の逞しい股間へズンッと落下した。

「あ、あはーん、んあ、いやあっ、あおんっ」

「ククク、いい鳴き声だ」

香織は相手の胸板に手をついた。逃れようと身体を弓なりに反らせる。だが、Gスポットに肉槍が直撃していた。

(ああ、コイツのオチ×チンがグリグリと)

媚肉を掻き拡げられる。

「裂けちゃうわ。いや、抜いて。ああ……」

「香織が腰を上げればいい」

「でも、んんんっ……」

ハの字に眉毛をしならせ、切れ長の瞳を閉じた。

二十七歳の美女が、双房を揺らせて、天を仰ぐ。その甘美な姿に欲情したらしく、拓海の肉棒はいっそう大きくなった。

(なんで、痛くないの……)

性感が上昇しているせいか、痛覚は鈍くなっていた。

「何だよ、感じている顔だぞ」

「違います。感じてなんかいません」

抗弁しながらも、香織の肌から甘い汗が噴き出した。

(奥を抉られている)

脳内にチカチカと紅い快楽信号が点滅した。

「なんだ、感じているのか……」

拓海は満足そうに笑った。

「だから、そんなこと、あ、ああんっ……」

青年が腰を動かすと、桃尻が痺れる。香織は厚い唇を開き、いやらしくあえいだ。

「いい顔になってきた。メス顔だ……」

「勝手に言わないで、あ、はんんっ……あんっ！」

長大な肉棒が香織の身体を貫いてきた。

(子宮を押し上げられている)

狭隘《きょうあい》な膣洞というのは、よくわかっていた。何人かの男と性交したことがあるが、内奥のきつさに、男たちは苦悶の声をあげた。

「意外とアッサリしたセックスが多かったのか？」

「知らない。覚えてないわ」

右手の甲を口に当てて、香織は眼をつぶった。

(腰が動いている)

認めたくない事実だった。振り子のように腰がしなやかに波を打つ。

相手は恋人の弟だ。巨根という理由だけで、女欲をぶちまけられる相手ではない。

「ククク、俺が馴染ませてやるよ」

「早く抜いてください。アナタとは何でもないのよ」

「でも、チ×ポをギュッと咥えているぞ」

「はっ、ああんっ……それは、ううう」

事実を指摘されて、香織は何も言い返せない。

(この子、意外と逞しい)

胸板や身体全身体が引き締まっている。あどけない顔とは違い、鍛え抜かれた身体に、香織は自然と惹かれてしまう。

香織は筋肉フェチだった。

「んあ、はああ、中に押し込まないでぇ……」

「馴染ませるためだ。我慢しろ」

青年の怒張が子宮を突きあげてくる。

(気持ちよくなっちゃう)

香織は肉棒を突き刺されて、熟欲が暴走しないか心配していた。

(たとえゴムでも、相手の射精は感じてしまう)

吐精されたとき、アクメに飛ぶのではないか。強姦魔に二度もイキ面《づら》を拝ませたくはなかった。

「兄さんと比べればいいさ。どうせ、小壺にしかおさまらない大きさだ」

「やっ、変なこと言わないで」

「だって、事実を話しているぜ」

「そんなこと……んん、あっ、はっ……」

息が荒くなる。拓海の手が乳房を揉んできた。柔らかい球体に、指はあっさり沈む。

「やっぱり大きなオッパイだな……」

「いや、どっちもいや……」

「締まりがよくなっているぞ」

「んんあっ、ああ……」

獣じみた息を吐く香織の肌に、滝の汗が浮かぶ。

「色っぽいね。コリコリに尖った乳首」

「激しくしないで、ああ、摘まんじゃいやあ」

両房の紅い乳頭がピンポイントでつねられる。

(なんで感じちゃうの!?)

陽介の淫戯とは、何もかも雲泥の差があった。

規則的に快楽を得ようとする動きではない。隅から隅まで、女肌に眠っている欲の欠片を集めるような嬲り方だった。

香織は逃げるように、拓海へ抱きついた。

「ククク、オッパイを舐めてほしいのか」

「違うわ。モノが大きすぎるから、耐えられないの」

本音で答えてしまった。

(まるで、陽介のペニスが卑小みたいに……)

本当に兄弟とは思えない。

硬く太い肉棒が、ズンズンと香織の身体を攻めてくる。

「濡れた襞が、きつく絡みついてくる」

「やあっ、もう、入ってこないでぇ」

「そういうわけにはいかないな」

「やめてえ、いやああっ……あんんっ……」

二十七歳の美女は、拓海の顔の両隣に手を置いた。

「重力に負けない乳房だな」

「んんあ、舐めちゃいや、ダメ、ああ……」

「だって、眼の前にぶら下げたら、誰でも味見するさ」

「ううう……んんあ、はあっ……」

狡猾《こうかつ》な甘嚙みに、熱い快楽が香織の胸に残る。

(なんて子なの……)

舌先で乳首をチロチロと撫でてきた。

「ああ……んん」

「いい反応だな」

次に、乳首への〝バキュームフェラ〟をしてくる。

「いや、吸っちゃダメ……」

「お乳が出るかもしれないだろ」

「そんなもの、出るはずないでしょ」

白いたわわな実りが重たげに弾んだ。

それから、ゆっくりと両手で撫でまわしてくる。

（ああ、アソコが潤んじゃうぅ……）

緩急の責めこそ、香織の弱点でもあった。

「ほお、ドロドロになってきた」

「やあっ、大きい……中に入ってくる……」

「俺用に馴染ませないと」

極太のペニスに、香織の肉洞は狭隘すぎた。

（でも、拡張される感じがすごい……）

最初は膣が裂ける恐怖感に襲われた。時間が経過すると、得も言われぬ充足感が、香織の胸に広がった。

「少しずつ、リズムをつかんできたな」

「そんなことない……あんっ……」

香織は乳首を弄《いじ》られ、背後に荷重を移す。すると、肉槍に子宮を乱打された。下腹部に猛烈な熱と刺激がほとばしった。

反動で前のめりになると、乳房を鷲づかみにされた。

(拓海に腰振りダンスのリズムを作られている)

気がつけば、香織は逃げようのない快楽の沼でもがいていた。

「はあん、虐めないで、いやあ……」

「勝手に腰を振っているのはお前だろ」

「そんなぁ……」

すでに、拓海は身体を動かしていなかった。

(私が……)

恋人の陽介がいるのに、強姦魔の肉棒を求めていた。

「んんあ、はんっ……いやあっ……」

「気持ちいいだろ？　本来のお前の姿さ」

「こんなの、私じゃない……」

タプタプと重たげに乳房が揺れる。

ムチッと熟脂肪を詰めこんだふくらみは、釣り鐘状に柔らかくしなった。

「ああんっ……ダメぇ、弾けちゃうぅ……」

「ククク、もう堕ちたか……」

青年の勝ち誇った声に、香織は涙を流した。

(ダメ、腰が止まらない……)

もう、燃え上がる官能に流されていた。熟房を揉み立てられ、ジンと後を残す心地よさに浸る。さらに桃尻を動かしてしまう。

「くううっ、奥に当たるぅ……熱い、硬いぃ……」

「気持ちよさそうにまあ……んお、襞が締まる」

はち切れんばかりのヒップの襞筋が圧縮して、肉棒を握りしめる。亀頭冠から締め上げられて、怒張はさらに硬くなり膨れ上がった。

「んおお……ふ、ふうむ、馴染んできたかな……」

「あんっ、そんな、いやあっ……」

ユサユサと香織はヒップを振りたくる。

卑猥な姫鳴りがふたりの興奮を煽り、快楽の極みへといざなう。

「ああ、いやあっ、香織イクウッ……」

「そうか、あれだけ強がっていた香織も、ただのメスか……」

「違うのにぃ……あんんっ、ああ、やああっ……」

まだ拓海の肉奴隷に堕ちたわけではない。

それでも、青年のペニスへギュウギュウに襞が貼りついた。ググッと怒張が膨れ上がるのを感じる。刹那、熱い吐精とともに、肉棒が狂気乱舞した。

「あんんっ、香織イグッ、イグウウッ……」

「よかったな。コンドームがなければ、孕んでいたかもしれないからな」

＊

「お願い、またつけて……」

「また？　何言っている!?　チ×ポを突っこんでほしいのはお前だろ。二度目はゴムなし。わかっているだろ……ゴムなしのほうが感じるよ」

「あうっ、んんんっ……」

ズンッと子宮が疼いた。

(どうしてしまったの、わたしの身体は……)

性感帯が異常に上がる時間に、アクメへ飛ばされたことはない。植えつけられた快楽が大きすぎるのか、身体は拓海のモノになりつつあると、香織は感じていた。

ふたりは浴室に入っていく。シャワーを浴びて、浴槽につかる。

「おい、香織は浴槽の底に手をつけるなよ」

「なぜ？　あなたこそ、必要ないでしょ」

「お前は俺のチ×ポがいるだろ。タイルに手をついて、おねだりしろよ」

「な、何ですって……」

衝撃的な命令に、香織は呆然とした。

（ああ、従わなければ、母さんの動画が……）

弱みがある以上、従うしかなかった。

タイルに手のひらをつける。水滴に反射して、自分の姿が一瞬見えた。湯けむりに濡れる白いタイルより、香織の肌は白かった。

（こんないやらしい格好……）

浴槽の中で膝を曲げて、香織は相手に生尻を差し出した。

「さっきより、色気がグッと増したな」

「はしたない……あんっ……」

相手は浴槽の縁に座り、こちらを眺めている。

「ほしがれよ。その格好に似つかわしい態度をとれよ」

「何を言っているの？」

「わからないのか？　おねだりしろと言っているのさ。俺のチ×ポを、濡れたオマ×コにズブッと刺してくださいと！」

「な!?　馬鹿なことを……ひい……」

拓海は怒張を桃尻にすりつけてきた。白い曲線が卑猥に歪む。

「もし、和姦にすれば、手加減してやる」

「卑怯者！　ううう……あふう……」

すべては拓海のシナリオどおり、進んでいるようだった。

（本当にゴムをつけているのかしら……）

さっきとは違う熱量に、香織は一抹の不安を覚えた。

「あなた、本当に避妊具をつけているの？」

「さあな。自分のオマ×コで確かめろよ」

スローテンポで一直線に、拓海は香織の裸体を貫いてきた。

ズブ、ズブズブ……。

「いきなり、ああんっ……あぐうっ……」

ビンッと背筋がしなる。桃尻がヒクつき、太ももが強張った。愛液に蕩ける熟壺へ、逞しく太い肉棒が打ち込まれた。硬い反り返りに、香織の胸が昂《たかぶ》る。

(鉄みたい……)

「ふうん、さっきより挿入しやすくなったな……」

拓海は括れたウエストを、がっちりつかんでくる。

「いや、抜いてぇ……」

「どうして？　感じているだろ」

「そういう問題じゃなくて……」

キュッと香織は唇を噛んだ。

(ゴムをしていないのでは？)

肉竿のゴツゴツした肌触りから、怒張の太さ、生々しいエラの張りまで伝わるのは、媚肉の性感が上がっただけではない。

香織は相手が確信的に、ナマで挿入してきたと思った。

(でも、直接口にすれば……)

拓海の性格は計り知れない。

もしかしたら、逆上してハイスピードで、抽送してくる可能性があった。何とか最悪の事態は避けたい。

「安心しろよ。ここで失神されると厄介だからな」

「違うわ……はああん……」

ヌルンッと快楽粘膜を抉られる。

青年との一体感が、二十七歳の女に不思議な安心感をもたらしはじめた。

(やだあ、本当に感じているぅ……)

生理的な快楽より深い領域で、香織は相手の肉棒を愛しく思いはじめていた。

「んんあ、あなた、ゴムは……」

さり気なく香織は後ろへ顔を向けた。

キョトンと拓海があどけない顔を歪ませる。

「していないよ」

「どうして？　危険日かもしれないって……」

「関係ないよ。香織の要求を受け入れる必要はないだろ」

「まさか、最初からナマで……」

「二回目からは、ゴムをつけないと言ったはずだ」

香織の眼の前が真っ暗になった。

「悪魔よ……いやああっ……」

「香織、わかっているだろ。お前はメスで、俺は凌辱魔。そう呼んでいたじゃないか。どうやっても、この関係性は不滅だよ」

あどけない青年の言葉とは思えなかった。

「いや、中に入ってこないでぇ」

「もう亀頭は挿入済みさ。そうだな……」

しばらく、拓海は思案に黙した。やがて、おぞましい要求をしてくる。

＊

「実況中継してくれよ。おねだりするってかたちだから。それを上手《うま》くやってくれれば、考えてやってもいいぜ」

「どういうことよ!?　うう、あっ……」

切れ長の瞳を吊り上げた。だが、長い睫毛を震わせ、妖艶な瞳を淫靡に濡らす。

(逆らえないフリをするしかない)

前はタイルで、背後は青年。どう抵抗しても、肉棒から逃れる方法はなかった。

「じゃあ、始めようか……」

「痛いぃ……スパンキングはやめて」

派手に乾いた音が浴場にこだまする。

拓海は容赦なかった。

「俺のチ×ポから語ってもらおうか」

ブルブルと総身を揺すり、香織は両手を裂けんばかりに握りしめた。

「拓海のオチ×チンが、香織のオマ×コを貫いています。亀頭が太いので、いっぱいにされた気分になります」

浴場で女の声がこだまする。香織はおのが独白により性感を昂らせる。

「ハハハ、面白いな。香織のヒップはせり出して、非常に魅惑的だよ。なめらかな曲線とみずみずしい肌がたまらないな」

香織の身体幹が、一気に燃え上がる。

膣襞を切り裂く怒棒に、二十七歳の熟れた身体から汗がしぶく。

「あまりにも大きいから、脳天まで貫かれた錯覚に陥ります。息もできないくらいに苦しいの。だから、激しい抜き差しはやめて……」

「了解。ラビアまでエラを引いたら、深呼吸しなよ。挿入中に息継ぎはできないからさ」

そう言いつつ、拓海は極太を深々と埋めこんでくる。

「んんあっ、はああっ、んんっ……」

「もう、膣肉が伸びている。あと三分の二くらいは入るかな」

あらためて青年の肉竿の長さに恐れ入った。

(やっぱり、太いぃ)

香織はさっきまで耐えていた裸体をクネクネと動かした。

「太いぃ……んあっ、こんなのありえない」

「そりゃ、兄貴の粗チンで楽しんでいたからな。でも、気持ちよくて仕方ないだろ」

クイッと拓海は切っ先をしゃくってきた。

女の黒髪が宙に舞った。

「あんんっ、そうですう、は、はあ、は……」

香織は、相手の狙いにはまってしまった。

(いや、快楽を……認めてしまったわ)

一度、言葉で拓海を受け入れた瞬間、陽介の影は消えた。

「フフフ、そうだろ、何がいい？　エラか？　奥突きか？」

拓海は興奮を隠せないようだ。肉棒の太さが増した。それでも、抽出速度は変えてこなかった。

「焦らされながら、奥をゆっくり突かれるのがいいですう」

つるつると言葉が出てしまった。

「こうだろ？」

子宮を肉傘で突き上げられる。

「あはん、そうですう、香織はオマ×コの奥を突かれたい」

淫らないななきが澄みわたり、甘い匂いと桃色に染まる。

（奥突きがいい）

陽介には不可能な芸当だ。

性欲のついた恋人は、怒張を叩きつける癖があった。痺れる感触はいっしょでも、あとからやってくる快楽に差がついた。

悪魔は禍々しい肉棒の先端を、子宮頸部にゆっくりとつけてきた。とたんにピクッと身体が反応し、たわわな肉房が湯滴を飛ばす。そこから香織の反応に合わせて、押し上げてきた。

「んあ、そう、それが……あんんんっ、いいのお」

「ククク、完堕ちか……」

亀頭のわずかに柔らかい部分を使った押し上げは、香織の子宮をとことん痺れさせた。ふっと離れると、すさまじい切なさと疼きが胎内にかけ抜ける。

香織は白い豊満な身体をよじらせた。気づけば、拓海の抽出を悦んで受け入れていた。

「もう、ここまで感じているなら、ナマの中出しもいいだろ」

「え⁉　そんな……孕んでしまうわ」

一瞬で美貌が強張り、顔色を変えた。

「いい反応だな。俺は香織の恐れおののく顔が見たかったのさ。しかも、孕むかもしれないという恐怖に引き攣る顔をさ」

「あんた、悪魔だわ……ああんんっ……」

ヌプッと蜜壺を捏ねられて、香織はあえいだ。

「俺のチ×ポがほしいだろ」

「んはっ、はい、ほしいですぅ……」

「それなら、精子まで喰らえよ」

「いやあっ、お願いぃ……許してぇ……」

ポタポタと湯面が跳ねる。

香織のすべすべした頬に涙が流れていた。パッチリとした瞳から彫りの深い鼻梁を伝い、静かに雫が落ちていく。

「泣いてもダメだぜ」

容赦なく青年は言った。

切なそうに香織は背後の男を睨む。

(こんなに気持ちよくなってしまうなんて)

後悔と快楽が熟れた身体を翻弄する。

「いい尻と胸をしているな。兄貴が見初《そ》めるだけのことはある。もっとも、これからは俺が御主人様だが……」

「ふああっ、そこを擦られると、腰が痺れちゃう」

「逆Gスポットか……」

「あっ……いい、はあっ……」

何を言っても、肉癒から香織は逃れられない。

S字の流線形を描く裸体が、いやらしく蠢いた。

拓海は桃尻の柔肉に両手の指を埋めてくる。

「ククク、いいねえ。キツキツなのに、中はフワトロだ」

「あああんっ……何を、いやっ、はっ、そんな……」

剝きたての卵のような尻に鳥肌が立った。

＊

(これはまさか……)

浅瀬で三度亀頭が泳ぎ、深い海にのっそり潜りこんでくる。恐怖の三浅一深の腰繰りだった。香織も聞いたことがあるだけで、初体験だった。

「お前が俺のモノという証を刻んでおかないとな」

「んあ、いやっ、変なことしないでぇ……」

香織は、白蛇が火あぶりにされるように、クネクネと淫らに身体をよじらせる。なんとか相手の攻めをかわして逆転しようと狙っていた。

ジワッと膣肉が蕩けていく。

「んあ、はああっ、いや、やめてぇ……」

「オマ×コは悦んでいるぞ。香織ももっとニッコリしろよ」

「冗談はやめてぇ……」

恋人の弟にバックで三浅一深の抽送をくらい、ニコニコしていられるはずがなかった。ジンジンと深奥は疼き、子宮は肉棒を求めてしまう。

(ああ、腰が勝手に動いちゃうぅ)

逞しいペニスを求めて、巨尻が勝手に動いた。

「いいね。本能的な動きは、嫌いじゃない」

「やあああっ、よしてください……中に出さないでぇ……」

悲鳴をあげながら、香織はのけ反った。

(本当に狂っちゃうぅ……)

亀頭にザラメを削られて、腰回りの刺激が強くなった。

「んんお……そこまでされたら、出ちゃう……」

「いやあ、ダメえ、一滴も出さないでぇ……」

我慢汁が噴出しているのをわかって、香織は叫んだ。淫らな咆哮《ほうこう》は、何度も室内を跳ね返り、こだました。

次第に、拓海の律動が単調になる。

「まさか、ああうっ、いやよ。絶対にいや」

「無理だね。どうせ兄貴と結婚するんだろ? 孕んでも、何もおかしくないじゃないか。今から赤ちゃんの名前でも考えておくことだな。出産したら、またセックスしたいからさ」

「ダメえ、あんっ、奥……気持ち……いいのおお」

香織は全身を使って肉棒を締め上げた。拓海は会心の一撃を与えてきた。

「ほおおお……イ、イクッ……」

香織はペニスを搾り上げて、胎内の感触に身体を委ねた。鉄砲水のような白濁液を肉壺に注がれる姿が脳裏に浮かぶ。

「いやあっ、本当に出さないでぇ……」

香織は一滴の涙を落とした。

刹那、極太のペニスが膨れて、ブワッと熱いとろみをぶちまけてきた。

「いやああっ……出ている……ああ、香織のオマ×コ、拓海のオチ×チンでイグ、イグッ、イグウウッ！」

「んおおお……」

野獣のような咆哮が、浴場に響き渡った。

(お腹が破裂しそう……)

生々しい熱が、膣壺を叩いてくる。

「ふあっ、ああんっ、やあっ、熱いぃ……」

「ぐおお、おお、んおお……」

そうとう感じていたらしく、拓海のペニスは吐精がやまない。

「いやっ、また、ああ、イクッ、そんな……」

「イケよ……ほら」

グイッと膣壁を抉られた。

「はあん……」

白いもち肌を波打たせる。香織の優美なボディが、弓なりにしなり、何度も悩ましいあえぎ声を繰り返した。

「ふうう、ふう、出たな……」

「グス、こんな……孕んじゃうわ……」

ビクビクと総身をおののかせる。淫らに腰をくねらせて、香織はアクメに浸る。涙がとまらなかった。

（着床したら……）

ナマのペニスから、膣内射精をされた。結婚するか、わからない男の精子は、絶対に引き受けない。それが、一見緩そうで、堅物女の座右の銘だった。

だが、それも悪魔のような青年に、たやすく打ち砕かれてしまったのだ。

「くうあっ、あんんっ、なに、どうするつもり!?」

拓海が精液の詰まった膣洞で、ペニスを引っ掻きだした。

「まだ、二、三回はアクメに飛べるだろ？　続きをやろう。このあとは、肉奴隷の特別レッスンもあるからな」

香織は黙って、相手に裸体を委ねた。

第二章　悪魔の夜這い

九月十一日夜九時。

久しぶりの家族の団らんだった。

しかし、そこに和也の姿はなかった。合宿らしく、深夜に帰宅するらしい。

「姉さん、お仕事ってどう？　普通に勤めるＯＬは……父さんは反対していたけど、母さんはどう思っているのかしら……」

「ちょっと、春奈」

「いいわよ。香織が自分で切り拓《ひら》いた人生じゃない。父さんもわかってくれるわ。学費を稼いでまで手に入れた職業だから、遠慮する必要はないのよ。二人とも元気でやってくれれば……」

いつになく、志乃は上機嫌だった。リビングですき焼き鍋をつつく表情から、本音で話していると感じた。

(夏休みに家族が揃うのは何年ぶりかしら)

事前にスケジュールを聞いてはいなかった。偶然、春奈と香織の帰省が重なったのだ。

「そうね。春奈も学校を卒業することだし……」

春奈は志乃を見た。

「まだ教師になるか決めていませんからね……」

プッと頬を膨らませて、口を尖らせる。

娘に教職につかせたいのは、昔からの和也の口癖だ。長女の香織がOLになって文句を言わなくてなったのは、春奈が教職を選んだからだ。

(今日はさすがにまずいかな……)

実は彼氏を紹介するつもりだった。

体育大学で知り合った礼二《れいじ》は、教職志望一直線の気真面目な青年である。帰宅の折、密かに二階の部屋で待機させていた。

「そう言えば、帰ってきたとき、誰もいなかったけど……」

不思議そうに春奈は首を傾けた。

帰省したのは夜の八時頃だった。

そっと鍵を開けて、彼氏を部屋に入れる計画だった。だが、家には母と姉の姿はなく、半ば拍子抜けした気になった。

「家族で買い物に行っていたから……」

すぐに志乃が反応した。

「え、そうなの。姉さんもいっしょに？」

春奈はくっきりとした目鼻立ちをした顔を香織へ向ける。

「たまにはね。久しぶりにスーパーへ行くのもいいかなって……」

香織は無表情で鍋へ箸を伸ばす。

（珍しい……）

姉の香織は家事に興味を示さない。お茶くみ程度はしっかりやるが、本来、自分の興味を持ったこと以外には手を出さない主義だ。結局、春奈に家事全般を押しつけていた。

「母さんも驚いたわ。香織が作った料理と言ったら……」

ジロリと香織に睨まれて、志乃はコップにビールを注いだ。

「それより、春奈。本当に将来の進路を変えるつもり？」

香織が心配そうに言った。

「いつ何があるかわからないでしょ。いろいろ考えておきたいの。でも、春奈にピッタリの職業なんてあるわけないし……」

箸を休めて、春奈はぼやいた。

「そうね。あるはずないか……」

香織は馬鹿にしたように鼻を鳴らした。

ムッとした妹は、肘で姉の胸をつつく。

「こんなバストのOLなら、いつでも結婚できるでしょうに……」

「ちょっと……」

普段なら、ここから口喧嘩のゴングが鳴らされるはずだった。

だが、パジャマ姿の姉は、顔を赤らめて口ごもってしまう。

「ちょっと……久しぶりにみんなで食事をしているから。喧嘩はなしよ。いいわね……」

仲裁に入った志乃は、にこやかに微笑む。だが、その顔は少しやつれて見えた。

志乃の表情を見て、会話は中断した。

「春奈は、表情がよくなったわね……」

志乃と香織が口をそろえて言った。

春奈は志乃や香織と比較して、美貌が際立っていた。男っぽい性格で、友人からも一目置かれていた。プロポーションも抜群だった。

「春奈、今日はその服で来たの？　学生とはいえ、もっと社会人としての自覚を持ちなさい」

視線を合わさずに、香織は言った。

春奈は超ミニのデニムスカートとふわふわしたブラウスを着ていた。脚が長く、バストも九十を超えている。もちろん、同じ年代の男たちから声をかけられることも覚悟の上だ。

「だって、労働者になったら、まともな服はあきらめないといけないじゃない。パリッとしたワイシャツとタイトスカートって、ブルジョワ階級からのセクハラよ。姉さんが一番わかっているじゃない」

香織は咳きこんで、箸を置いてしまった。

「もう、寝るわ。お馬鹿な妹を相手にしている暇はありません。仕事も残っているから……」

姉は別室に姿を消した。

何か様子がおかしいと、春奈はようやく気づきはじめた。

(母さんも姉さんも口数が少ない……)

志乃や香織は、面と向かえばもっといろいろ聞いてくるのが常だった。今日はどこかよそよそしい。よく見ると、香織も疲れているようだった。

「ねえ、何かあったの？　実は、父さんが学校をクビになったとか……」

ピンクのパジャマを着た母は、ふっと顔を上げる。

「何もないわ……縁起でもないこと言わないで……」

志乃も、春奈の冗談に付き合ってはくれなかった。

(あーあ、結局、礼二を紹介するタイミングはなくなったか……)

恋人には、決めていた時刻を過ぎたら、部屋のベランダ経由で庭から帰るよう伝えてあった。

＊

普通の階層住宅だが、庭は比較的広い。庭のベランダに春奈の部屋は面しており、二階の洗濯干しのスペースには柱があった。

夕食が終ったあと、春奈の部屋に礼二の姿はなかった。時計は十時を指していた。

満月が部屋に白い明かりをともす。

(でも、足跡がなかったなぁ……)

庭には一本の常緑樹があるだけで、出口へは玄関横をまわらなければならない。たたき台は真白で、必ず何かしらの足跡が残るはずだった。しかし、玄関脇のコンクリートには、泥も何もなかった。

「部屋にはいないし、どこに行ったのよ、もう……」

そのとき、夏風にのってうめき声が聞こえた。

(庭のほうからだわ……でも……)

庭には桜の木が一本しかない。誰も庭木の手入れをしたがらないため、祖父の頃にあった桜だけを残していた。

家の脇を抜けると、庭に出た。

「礼二……」

ポツリと二十二歳の女子大生は呟《つぶや》く。

ラグビーを専攻している彼氏は毛深い裸のまま桜の木に縄で縛りつけられて、顔を必死に振っている。

無心で春奈は走り寄ろうとした。

そのとき、何かが顎に引っかかり、後ろへ倒れる。何が起こったのか、よくわからなかった。

「おや、どうかしましたか?」

視界に入ってきたのは青年だった。不安に揺れ動く心が、なぜかホッとひと息ついた。

「彼が庭の木にロープで……わたしは……よくわかりません……」

春奈はゆっくり立ち上がった。だが、フラフラと足元が定まらない。

「私は礼二さんの友人です。先ほど、電話で呼び出されまして。何かあったようですが」

「そうだったの。よかった……彼が誰かに……」

「あなたも足元が定まりませんね。お酒でも飲まれましたか……まあ、彼を助けないと……」

刹那、不気味な金属音が聞こえた。

「なに……何をしたの……」

左右の手首に手錠をかけられ、何かへ引っかけられた。

「変に動くと危険です。きっと、これに脳を揺らされたのでしょう」

満月の光に一本の線が煌《きら》めく。

「ピアノ線のようですね……きっと、誰かの悪戯でしょう」

意識が朦朧《もうろう》としても、春奈は青年の言動に違和感を覚えた。

「わたしを拘束する意味はないでしょ。サッサと解放してください。彼を早く助けてあげて……」

嫌な予感が彼女の胸をざわつかせる。

（コイツ、何かおかしい……何者なの）

タイミングよく現れて、大変大変と言いつつ、礼二を助ける様子もない。

青年はポケットをまさぐり、訊《たず》ねてきた。

「礼二を助ける前に、経緯を知っておかないと。まず、あなたから話を聞きましょう……名前と生年月日、スリーサイズを教えてください」

香奈は眉を顰《ひそ》めた。

「スリーサイズ!?」

そんなものはセクハラにほかならない。

すると、青年はメジャーを取り出した。

「お答えになる気がなければ、直接計るまでです」

「河合春奈。二十二歳。一九九七年八月一日生まれ。九十二、五十八、九十六」

燃え上がる恥ずかしさに耐えて、春奈は言った。

今度は、ズボンを脱ぎだした。おぞましい予感が春奈の胸に去来する。

「親友の私は、彼を助けるために、いろいろ協力してもらう必要があります。よろしいですね？」

念を押すように、青年は言った。

「あの……何でズボンを……わかりました。よろしくお願いいたします」

不審な行為に目をつぶり、春奈は相手の要求を承諾してしまった。

「じゃあ、誠意を見せてもらいましょう」

青年の手がデニムに触れてくる。春奈はそれを振りほどこうと、尻を振った。だが、蛸《たこ》の手のように貼りついた手は離れない。

「どこを触っているの!?　誠意ってどういう意味ですか？　近寄らないで……」

青年が上着を脱ぐと、雰囲気が一変した。漂うのは不気味で卑猥な劣情の視線だった。

「私は村本拓海と申します。ここら辺では、連続婦女暴行犯として名前は出まわっているようで……」

＊

デニムから伸びる太ももをツッと撫でられた。恐怖に鳥肌を立てる。

「じゃあ、礼二を縛り上げたのも、あなたなの……」

背後の凌辱者に、美少女は殺気をこめる。

「いい闘志ですね。けっこう、けっこう。新体操部にいるそうですが、部屋に道着がありましたから……柔術使いと警戒していたんです。小林礼二さんも、ラグビーと柔術を専攻しているようですね」

カンカンと手錠を何かで叩かれた。見上げると、ギザギザの刃先が月光で不気味に輝いていた。サバイバルナイフだった。

拓海は器用にナイフの先端で、デニムのボタンを外した。

「礼二さんも情けないですね。ナイフにビビったため、いろいろと話してくれました。あなたも曲者《くせもの》ですね。男に万引きさせるとは……それで一発もさせないから、残酷だ」

「よけいなお世話よ。礼二とは同意の上でやってもらったの。それに、尽くしてくれたから、セックスさせるなんて下衆《げす》な男の妄想よ。好きな男に抱いてもらうだけ……いい加減にしないと、大声出すわ」

その瞬間、喉元にナイフを押しこまれる。

「立場がわかってねえな。誠意を見せないのか？　チ×ポの一本や二本は我慢しろ。代わりにナイフをぶち刺してもいいぜ。処女のまま死にたいか？」

ドスの利いた低い声は、あどけない青年から発せられたものとは思えない。気の強さを喉元に引っこめて、春奈は黙った。

（しばらくは、従うふりをするしかない……）

腋下《えきか》に汗を掻いた。生々しい体臭が周囲を包む。拓海は春奈の反応に、眼を細めて、腋下に顔を寄せてきた。

「いやあ、恥ずかしいの……嗅がないで……」

「わかんないか？　メスが嫌がるから犯す。すげえいいモノを持っている……こんな甘い汗は、志乃も香織も出せない味だぜ」

義母と姉の名を出されて、妹はハッと背後を睨む。

「まさか、二人とも……」

言葉が続かなかった。

「ああ、たんまり可愛がって、堕としたよ。志乃は取れ高が少ないから、もう少し嵌めないとダメだが、香織はかなりよかったな。お前も、自分から尻を振ってチ×ポをねだるまで、堕としてやるから心配するな」

「聞いていないわ。堕とされてたまるものですか。あなたのような鬼畜、下衆な人間に屈するほど、弱い精神じゃないの」

スレンダーな桃尻を左右に激しく振った。

「いい反骨心だ。処女だから、よけいそそるな。だが、一流の美女は下手《へた》な扱いで傷物にできないから、ゆっくり嬲《なぶ》ってやる」

デニムの生地を左右二つに切り裂かれると、黒のビキニショーツが現れた。まだ、ムッチリした志乃の尻には及ばない。だが、みずみずしい筋肉の上に、脂肪は確実についていた。

（礼二が見ているのに……）

多感な二十二歳の春奈には、恋人の食い入るような視線が気になって仕方ない。

「いや、この変態！　ううっ、いい加減にして……あううっ、痛い」

スパーンッとヒップが鳴った。春奈は悔しそうに唇を嚙んだ。

「ギャアギャア喚くんじゃねぇ。お前も誘うような格好をするなら、危機感くらい持て。一度、痛い目に遭ったほうがいいんだよ。それを教えてやる。ありがたく受け取ってくれ」

続けざまに二、三発、尻肉を叩かれる。手のスナップが利いており、小気味よい音ほど痛みはなかった。抉られたのは、ガラスのハートだ。

(こんな目に遭うために、鍛えてきたわけじゃない……)

異性には関心がある。ただ、現役の女子大生としてやりたいことはほかにもたくさんあった。優先順位をつけた結果、新体操を極めて、教師になることが一番になったのだ。

「ひぐっ、触らないでぇ……礼二が見ているのにぃ……恥ずかしい。ああ、やあっ、やめてえぇぇ……お願いぃ……」

ガチャガチャと手錠が鳴り響く。春奈の桃尻が色っぽく揺らめいた。赤みが差す部分を、青年にペロペロと舐められる。

(キモイ真似をしないでぇ……)

吐き気すら覚えるおぞましさに、少女は震え上がった。恐ろしくて声も出ない。しかし、拓海はやめる気配もなく、春奈の尻肉をガッチリ摑んだ。

「本当に処女か……じゃあ、礼二くんにも見えるように、開帳してやるよ。せえの……ほお、薄ピンク色の肉ヒダが合わさっている……紛い物じゃねえな」

秘裂を空気に晒されて、少女の肢体は羞恥に火照った。

「いやあああっ……もう、やめてえ！」

必死に春奈は哀願する。

（誰なのよ、あんたは……）

どこの馬の骨ともわからない輩《やから》に、操をさぐられるなど、屈辱以外の何物でもない。とっとと消えてほしいという願いは裏切られた。桃尻を割り裂かれた。

「ずいぶん下づきだな。まだまだ小さな口のマ×コだ。初々《ういうい》しくて微笑ましいくらいだ……お？　意外と、筋肉質だな。柔らかい……お前、水泳もやっているのか……なるほど」

「どうして、そんなことまでわかるの!?　やあっ、どうするつもりぃ……」

春奈は背後を振り返り、脅えた表情で凌辱青年に眼をこらす。

（水泳を長く続けているけど、姉さんたちにも気づかれなかった）

手足の使い方をしなやかにするため、家族に黙って、十年以上も水泳をやっていたのだった。

＊

「奥ゆかしいヒップが大好物だ……開帳したあと、何をするかは決まっている。礼二君もよく見ていろよ」

拓海は舌をクルッと回して、花弁に触れてきた。

「え、なに、汚い……やめ、あ、う、そんな……」

衝撃と驚嘆に、春奈は混乱した。

(この変態は、何をしたいの⁉)

性器を舌で愛撫する行為が、春奈には信じられなかった。薄ピンク色の小陰唇は、まだまだ色素が沈着しておらず、活きのいい桜エビのようだった。

「はうむ、レロレロ……ふうむ、やっぱり、処女臭いな……ああ、これがクリトリスか。まだ皮をかぶってやがる。ホレ、ソレ……」

舌を尖らせて、拓海は小さな肉芽の皮をツルンと剝いてきた。

「あううっ、何これ、ああんっ、変な感じ……いやあ、あううっ……」

慣れない高揚感が下腹部からせり上がり、二十二歳の少女の唇からソプラノボイスが飛び出した。

「春奈はオナニーくらいしたことないのか？　いちおう、生理はあるだろ。まさか、まだないなんてことは……ハハハ、あるわけないか……」

馬鹿にしたような高笑いに、春奈の顔は火を噴いた。

（それくらい、とっくに経験しているわ。でも……）

春奈にとって、生理現象は流行《はや》り病のようなものだった。楽しみに耽《ふけ》るオナニーというイメージとはかけ離れた性処理は、イクことがあっても、快感を伴《ともな》うものではなかったのだ。

「ちょっと、かなり時間をかけないと……」

拓海の舌遣いは、非常に微に入り細を穿《うが》つものだった。

（でも、変態行為であることは間違いない）

タップリと唾液をまぶして、舌を花弁に馴染ませてきた。クリトリスに舌が当たると、想像もしていないあえぎ声が口から出てしまう。

「ああんっ、いやあ、変態行為を今すぐやめてぇ……ふうんっ……」

春奈は、拓海越しに礼二を見た。呆然とした表情で自分の膣陰を凝視している。恋人の股間の隆起は、ムクムクといきり立っていた。

（やだあ、男の子のオチ×チンってあんなになるの!?）

性経験に乏しい春奈は、男性器の勃起すらよく知らなかった。

「スレンダーな脚だな。春奈は無限の可能性を秘めている。誰かが適切に飼育してやらないと……」

チョンッと菊穴まで舌先が当たり、春奈は本気で抵抗をはじめる。心のどこかで、そばに礼二がいるため、変なことをしないと思っていた。

「勝手なこと言わないで……変態！　今すぐやめなさい……」

キュッと尻肉に力が入る。拓海の両手はむんずと左右の尻を摑んでいた。丁寧に舌先は躍り、クレバスの花弁を濡らしていく。

悔しさに歯噛みする春奈は、更なる窮地に立たされた。

（ムズムズする……これは……）

明らかな尿意だった。慣れない愛撫を拒絶しつつ、力任せの尻振りが鳴りをひそめる。クネクネと腰から当てもなくさまよい、拓海は嗤いだす。

「オイオイ。放尿だけは勘弁してくれよ。せっかく気持ちよくしてやるつもりだったにもかかわらず、小水をお礼にぶちまけるのか？　ククク、まあ、飲んでやってもいいけど」

「違うわ……ふうんっ、誰がそんなこと……」

即座に春奈は否定した。うなじに朱が差して、股間は熱くなる。

(悔しい。コイツは何もかも把握している……)

拓海の鼻息が荒くなる。空気が秘粘膜を通り、春奈は息む。唾液に滑った舌が、膣口を割ってくる。

「我慢は身体によくねえからな。ここまで恥を晒した。もう、失うものは何もねえ。ドバっと勢いよく放尿しろよ」

拓海の舌にツルンと膣割れを舐め上げられた。一瞬、括約筋が弛みかけたが、眼を閉じて必死に耐える。秘めやかな膣陰をさらした衝撃が、ジワジワと乙女心をへこませる。

(何でこんな恥ずかしいことに……)

ふだんの春奈なら、即座に相手を屈服させていた。脳を揺らされた影響で、平衡感覚はなくなっていた。足腰に力が入らず、悶々としていた。

＊

「さて、マ×コの中を味わわせてもらうか。どうせ濡れちゃいないだろうが、出来栄えを確認しておかねえとな……ダイヤモンドの原石かもしれないし」

尻肉を摑んでいた親指が秘陰の花弁に伸ばされた。春奈は相手の気持ちを萎えさせようと太ももに力をこめた。ところが、拓海の腕力で桃尻を引っ張られてしまう。

「ちょっと……やめてちょうだい……いやあ、あうっ、ううんっ」

ピアノ線が上下に揺れる。手錠の輪がくいこみ、鈍い痛みをもたらす。上半身は前のめりになった状態で、身体は何度かバウンドする。

（やだあ、こんな姿勢で……）

尻だけ後ろに突き出す姿など、男に見せたことはなかった。下半身は裸である。細身に力が入り、脚は逆V字形に拡がった。結果的に、恥裂を自然に相手へさらす格好になる。

「ククク、いい眺めだ。括れているなあ。よく見ると大柄だな。そうとう、節制しているようだ。ヒップが横に張り出しているよ……」

「恥ずかしい……もう、いやあ。終わりなら解放してよ、変態！　礼二も黙っていないで何か言いなさいよ。男でしょ！」

春奈は背後の恋人を睨みつける。礼二は裸で縛られているが、猿ぐつわをほどかれていた。助けも呼ばず、凌辱者へ何も言わない男に情けなさが募る。

「礼二くんは、お前よりもビックリしているだろ。それだけじゃない。彼は、俺の凌辱をとめさせるつもりがない……男の悲しい性《さが》だな」

拓海は口端を歪めた。

（本当なの!?……礼二……）

味方と思っていた恋人のペニスは醜く腫れ膨らんでいる。肉棒は天に向かってそそり立ち、先端は牡液に濡れている。

裏切られた気分になり、春奈は俯いた。その隙をついて、丸っこい尻のワレメを指でなぞってくる。ビクッと臀部を震わせて、春奈は身体を揺らす。

「いつまで触るつもり……あふ、いや、えっ……」

二十二歳の肌に汗が浮かぶ。掻痒《そうよう》感で桃尻を動かした。

（いまのはいったい……）

慣れない感覚に、理性が追いつかない。

「ふふふ、本当に気持ち悪いだけか……そうでもないのか……どっちなのかね」

拓海の指先は、しなやかに膣陰を擽《くすぐ》ってきた。

「気持ち悪いに決まっているわ……うっ」

春奈は平衡感覚を取り戻しつつあった。

全力で桃尻を振ろうとした矢先、拓海は、恥穴に中指を侵入させてきた。異物感が膣に刻まれて、春奈は眉間に皺を寄せて、臀部を硬直させた。指先は丁寧に内部を撫でてくる。

(どういうこと……急に身体が熱くなるなんて……)

妖しい期待感が別次元からやってきて、勝手に膨らみだす。高揚感にきめ細かい肌から汗が噴き出す。拓海は尻肌へチュッと接吻し、ペロッと汗を吸い取っていく。

「指に春奈のマ×コが絡みつく。なぜだろうな……」

拓海の独り言に、春奈の肢身体は凍りついた。

(何で勝手にこいつの指を……)

ムラムラと淫らな炎が、内奥に発生して、みるみる全身を包みこんでいった。同時に尿意が増幅し、括れたウエストをくねらせる。

「どうでもいいから……トイレに行かせて……」

我慢の限界に達した春奈は、ついに拓海へ願い出た。

「ここでしな」

青年は血も涙もない言い方であしらってくる。

「恥ずかしい……できるわけないでしょ。ここは庭なの。うう……」

春奈の華麗なヒップはモジモジと動きつづけた。青年の指はかまわずに膣襞を嬲りつづけてきた。死ぬほど恥ずかしい気持ちがあふれて、ついに啜り泣きはじめた。

「ううっ……はああっ、いや、そこダメェ……」

膣陰のある場所を押されて、春奈の身体は自然にしなった。

「ふん、身体も盛りが染みついていたか……炙り出すとどうなるのか楽しみだ。ほお、濡れてきたか……」

ヴァギナを出入りする青年の中指に、粘っこい水音が絡みだす。それが何か、もちろん春奈は知っていた。舌を嚙み切る覚悟で、拓海へ哀願した。

「お願い……トイレに行かせてください。逃げないから。また、戻ってくるから」

必死な叫びに、凌辱者は嗤いだした。

「ククク、一回イッて、漏らさなかったらな。それまで何とか耐えろ」

無慈悲に指の動きが激しくなる。掻痒感が一気に強くなり、春奈は汗を流した。切なそうに顔を上げて、括約筋を締める。

ジワッと脂汗が白い肌を濡らす。拓海は指を抜き差ししながら、ぬめった柔肌に舌を這わせてくる。

「んんっ、舐めないでぇ……あぐっ」

唐突な痛みが、女体を襲う。

(指がもう一つの穴に……)

*

親指が菊窪に引っかけられた。粘膜を切り裂かれるような激痛に、春奈は悲鳴をあげそうになる。だが、尿意を我慢していたため、何とか喉元に留めた。

「ああ、ハハハ……下つきだからつい……舐めてやるよ」

「えっ、どこを……」

春奈はまともに返事をしてしまう。相手が異常者であることを、猛烈な尿意のために忘れていた。

生温かい舌が尻肌を伝ってくる。その着地点が菊の麓《ふもと》とわかり、春奈は恐怖におののき、ヒップを振り立てようとした。

「サバイバルナイフをケツの穴にぶちこまれたくなかったら、おとなしくしていろ」

拓海に釘を刺された。

(言いなりにならなければ、殺される……)

迷走する思考は麻痺し、春奈は立ち竦《すく》んだ。ヒクヒクと蠢《うごめ》く肛門に舌が触れると、ギュッと目を閉じた。

「なんだ、綺麗なアーモンドピンクだな。俺の睨んだとおり、かなりの潔癖症だな。おい、春奈……力を抜けよ……」

ピシャピシャと桃尻を叩かれ、春奈は背後を睨む。

「うう、オシッコが出ちゃうじゃない……無理を言わないで」

「しょうがねえ。ほぐしてやるか……」

蛞蝓《なめくじ》のように、舌肉が菊輪を圧《お》してくる。反射的に、尻をクネクネと動かす。拓海は特に何も言わず、黙々と舌先を躍らせてきた。

「あぐうっ、両方の穴を同時に……」

上半身をバウンドさせて、春奈は涙を流す。

痛苦と妖気がないまぜに送りこまれて、奇妙な昂《たかぶ》りに身体は火照っていた。

ヌルヌルッと青年の舌は菊皺を伸ばしてきた。カチャカチャと手錠が鳴り、春奈の女陰に指が抜き差しされる。聖域を二カ所も穢されて、額には鈴なりの汗が浮かぶ。

「アナルはまだまだだな。チュパ……こっちは大分出来上がってきたな」

「ひい、指と舌を……ああんっ……」

会陰部を滑り、パクッとクリトリスを青年の唇に咥えこまれた。膣路を指で踏みならされて、ポッと女欲の灯をともされた。下腹部に宿ったうねりは、美少女の身体に淫らなスイッチを入れていく。

(ああ、何か……くるう……)

遠くからの刺激が、春奈の脳細胞を薔薇色に点滅させる。トロッと愛液がヴァギナからあふれ、青年の甘噛みにクリトリスが熱く痺れた。

「いや、あんんっ……はああ、イク……春奈、イッチャウウッ……」

刹那、拓海は春奈の艶尻から離れる。スレンダーなプロポーションをのたうちまわらせて、ビクビクッと弾力性のある肢体を引き攣らせた。

「ふふふ、楽になれ、春奈……」

青年の言葉が、真っ白になる春奈の脳髄に届く。

ジョボボボ……。

白いヒップから、勢いよく小水が放出され円弧を描き、地面を濡らす。満月にきらめく放尿の勢いは滝のようで、嫌でも春奈の鼓膜に届いた。

「ああうっ……いやああっ……ああんっ……」

どうしようもない解放感に括約筋が弛緩し、春奈は艶めかしい悲鳴で吠えた。自分の雄叫びに高揚し、二度目の絶頂へ強制的に飛ばされる。

＊

「ククク、小便くさい娘にはちょうどいい……さてと、記念写真だ」

混乱と恍惚に浸る春奈の痴態に、凌辱魔は眼を細めて、スマートフォンを構えた。パシャッとストロボが背後から白い尻に浴びせかけられる。やがて、前からもシャッター音が鳴った。

「ひぐ、ええんっ……もう、解放してください……」

泣きべそを掻きながら、春奈は訴えた。

「馬鹿、まだ何もしてねえよ。最低、五発は放りこまないと。無理だ……」

拓海は舌打ちしながら、ビデオカメラを設置していた。相手の様子から、逃げるのは不可能だと春奈は悟った。手錠は外してくれたが、足元がおぼつかない。

（礼二は何しているのよ……）

桜の木を睨むと、恋人は自由になった手を使い、男性器を弄《いじ》っていた。どう見ても、優秀なラガーマンの品性は消し飛んでいるようだった。

「俺の用事が済んだら、彼も解放してやるよ。ククク、アイツ、お前をレイプしそうだよな。眼も血走っているし、何言っても聞いちゃいねえ。大変だな」

「あなたが、仕向けたことじゃないの！　こんなことして、どうなるかわかっているの？　立派な犯罪なのよ……」

「なるほど。もし、彼がお前を襲ったら、犯罪になるのか？」

「そ、それは……」

芝生の上で、春奈は股間をクロスさせた。

「そんな色っぽい身体を無防備にさらせば、男なら襲いたくもなるさ。今、俺が礼二に命じたら、むしゃぶりつくだろう。これはレクチャーだ。一度襲われれば、襲われないよう、色気のさじ加減ができる」

「どっちにしても襲うじゃないの……いやあっ……」

芝生の中を、春奈はうつ伏せになって逃げる。ムッと緑の匂いが鼻腔をつく。下半身は言うことをきかないが、何とか前に進もうとした。

白いブラウスを青年に摑まれて、引き裂かれた。ビリッと布地の裂ける音が響く。黒のビキニブラジャーがきつく豊乳を絞めつけていた。

「バスト九十三なんて嘘っぱちだと思っていたが、隠れ巨乳か。将来が末恐ろしい……」

背中の紐をグイッと引っ張られて、ブラジャーがゆっくりと落ちた。ムチッとしたメロンバストが零れ落ちる。春奈は慌てて手ブラで乳房をおさえた。

「ジタバタするなよ。処女だろ……痛みが増すぞ……」

青年がのしかかってくる。

「いやあ、冗談じゃないわ……もうやめて……」

両手を拳にして、ドンドンと青年の胸板を叩いた。松葉崩しの体位にされて、屹立を股のつけ根にあてがわれる。

「ちょっと！　マジなの!?　何の恨みがあるのよ……ここまでされる理由はないわ……」

憎々しく春奈は顔を歪めた。相手の股間から聳《そび》え立つ肉茎に、裂けんばかりに目を見開く。牛の角みたいな巨根が、暗闇に浮かび上がっていた。

（レイプで処女を失うなんて……）

理想が高い春奈の欠点は、快楽に流されやすく、優柔不断な性格にあった。

青年は、先端をクレバスにあてて、果芯の位置を確認していた。

「痛みであの世にイカないように。何か言い残したいことはあるか？」

長い脚を天に掲げられる。

まるで、処刑されるような言動に、春奈は頰を膨らませた。

「どっちにしても犯すでしょ」

「当然だ……」

「うう……ゴムをつけて……」

「ゴムをつけたら、セックスにならないだろ。処女を奪うからな」

「ひどい男……あううっ、痛いぃ……」

グッと体重をかけられて、春奈は美貌をしかめた。

（こんな男に初めてを奪われるなんて……）

いくら抵抗しても、逃れることはできない。

ググっと拓海のペニスが狭隘《きょうあい》な膣洞を割り裂いてくる。体幹を貫かれる屈辱感が胸に迫り、春奈の瞳から大粒の涙があふれ出した。

「処女膜を破る瞬間が、ムラムラさせる。何にも染まっていない女を自分のモノにできたって、コイツが喜ぶ」

草むらでセックスしているせいか、拓海はかなり興奮気味に息を荒げた。

春奈は生茹でされる海老のように、長い脚をピンと天へ突き上げたり、カクンッと相手の肩に預けたりした。

(圧迫感が……すごい……)

両手をギュッと握りしめては緩めた。なかなか、春奈の膣口に亀頭が嵌まっていかない。野太い肉瘤がグリグリと膣前庭に押しつけられる。

「大きすぎ……んあっ、はあっ……ひいんっ……」

春奈は鼻を啜って、バスト九十三の乳房を揺らした。はち切れんばかりのみずみずしいふくらみが弾む。

「ククク、女のマ×コに風穴を開けるのは久しぶりだぜ。それも、んおお、入れる前にイキそうなくらいの美女の尻だからな……」

あどけない顔をした青年は、力技を一度中断する。

ホッとする春奈の唇が開いた直後、艶やかな悲鳴が零《こぼ》れだした。

「あんっ、今度は何、いやんっ……んあ……」

クリトリスが嬲られ、グチュグチュと花弁は搔き乱される。

春奈は驚いて、ショートカットの小顔を上げた。青年の怒棒が、膣陰をこじりだした。

（そこまでして、春奈といっしょになりたいの……）

もう一つの悩みが、下のクチで悲鳴をあげていた。

*

性の目覚めは遅くなかった。異性関係への熱が冷めたのは、大学生になったすぐの頃だった。自分では自覚がなくても、春奈が大学のキャンパスをくぐれば、男子学生が放っておくはずもない。

すぐに、何人かの男と肉体関係になった。だが、セックスのときに、全員諦めて去ってしまった。

「お前、マ×コが小さすぎる……珍しいタイプだな……」

ズバッとトラウマを突かれて、春奈は目尻を吊り上げた。

「アンタみたいな男に、言われたくないわ。デカチンならヒイヒイ喜ぶとでも思ったのかしら……残念ね。女は単純な生き物じゃないの。繊細で壊れやすいのよ。わかったら、その汚いモノを引っこめなさい……」

相手の戦意をくじく台詞を吐きながら、春奈は傷ついていた。

(男はケダモノ。どうせヤルことしか考えていない)

花蕊の入り口が小さいというだけで、男たちは諦めるのが早かった。厳密に言えば、蜜口から先に進んできた者がいなかっただけだ。

「いい女のマ×コを、易々《やすやす》と投げ出す馬鹿がどこにいる。男と女が一つになれないなんて、夢物語みたいな話は嫌いだ。悪いが、本当に穴を開けてでも入ってやる……」

外見は、優しそうな青年だが、猛々しい気合に満ちている。

「ちょっと勘弁……ああんっ、え、そんな……」

春奈は股のつけ根を見て、腰を抜かしそうになった。

クイクイと股間が上下左右に躍動している。怒張は蜜肉に押し当てられたまま、てこの原理で、強烈な力が花弁にかけられた。穿孔《せんこう》が痺れる。

「明け方までやっていれば、嫌でも入るだろ。何日かかってもいいけどな」

呑気な青年の言葉に、春奈は心から震え上がった。

(本気で言っているの!?　こんな破廉恥な姿は、夜だからできるのに……)

二人を照らしているのは、満月の光だけだ。それでも、春奈は周囲に覗かれているのではないか、と気を揉んでいた。

「これだけ扉の堅い女は初めてだ。逆に、俺のペニスは桁違いに大きいから、抜けなくなるかもしれないな。まあ、それはそれで面白い」

「はんっ……何言っているの……おかしくも何ともないわ。冗談に聞こえないの。どうする気なのよ……」

「腹が膨れるくらい、射精すれば大丈夫だろ」

ポツリと青年はおぞましいことを言ってのけた。

（やっぱり、変質者だわ……）

春奈は総身の産毛を逆立てるくらい恐れおののいた。

「やあ、あんんっ、そんな……あぐうっ……」

ミリッ、ミリッ、と極太が秘裂を削りまわしてきた。先端の肉瘤は柔らかく、不気味な熱の孕《はら》みが伝わってくる。

「もう少しだ……」

嬉しそうに拓海は声を弾ませる。

（どこがもう少しなの!?　全然入ってこないじゃない）

これまで、一ミリも挿入されたことのない春奈は、亀頭が少しでも打ちこまれただけで、ウウッと気張る。排泄物を出すような得も言われぬ快感が下腹部に宿りだす。

「力みすぎだ。春奈……もう少し力を抜けって」

パシンと軽く尻肉を叩かれて、春奈は仕方なく息を吸いこんだ。

そのとき、牝壺へ肉槍が一気に突き刺さる。

＊

長大な竿を丸呑みにした春奈は、瞳を点にした。逞しい剛直に貫かれた衝撃のあまり、アクメに飛ばされてしまう。

「がはっ、ああっ……何、が起きたの……」

焼け爛《ただ》れた鉄柱で串刺しになった気分だった。絶頂の快感に浸る間もなく、ピクピクと手足の指だけが引き攣る。

「オイオイ、本当に壊れるなよ。春奈のマ×コは入り口が頑丈なだけあって、超一流の肉壺だ……俺のチ×ポをガッチリ摑んで、粒襞の膣舌でベロベロ舐めてきやがる……」

ゆっくりと拓海は極太のペニスを引き抜いてくる。

春奈自身、初物とは思えないスムーズな出入りに驚いた。挿入時の痛みは一瞬で、前戯をされていたせいか、充たされる一体感が心に愉悦となって響き渡った。

(ここで快楽に屈するわけにはいかない……)

憎悪の念に反発心は燃え上がった。相手は年下にもかかわらず、そうとうの手練れらしく、こちらの反応に眼を光らせているようだ。

「早く抜いてぇ……大事なところが壊れちゃうわ……あふ、ううんっ」

肉柱が膣陰まで引かれると、滝の汗が白い裸体に噴き出した。ジンジンと脈打つ膣襞に、粘液が湧きだした。

「嫌がっているわりには、マ×コはグチュグチュ言っているけどな」

拓海は春奈の乳房に手を伸ばしてくる。

身体を動かせない体位で、相手の思いどおりにされた。串刺しの愉悦を嚙みしめながら、春奈はさらなる辱めに耐えた。

想像したとおり、相手は美乳の性感を探りにきた。

「ダメ、あうっ、押すのも引っ張るのもいやあっ……」

無抵抗の春奈は豊満なバストをただ弄《もてあそ》ばれるしかなかった。

桜色の乳輪は、膨らみ硬く実を結ぶ。

乳実の横腹を青年の指に挟まれて、微妙な塩梅《あんばい》でこすられた。悩ましい責めに甘い電気が駆け抜けて、喉からよがり声が漏れた。

「感じてくると、春奈は雰囲気が変わるな。小便臭い娘だったのに、今は熟れた美女の表情になっているぞ。凛《りん》とした身体といい、仕こみ甲斐が本当にある」

太い肉柱が、再び春奈の内奥にやってきた。

亀頭のいやらしい形や、エラの張ったカリ、胴回りの太い茎幹まで、生々しい性器の特徴が脳内に映像化される。

「はおおっ、大きすぎるから、奥まで来ないでぇ……」

春奈は涙目で哀願した。

「身体のほうは喜んでいるのに……締まりが強くなったぜ」

ゴリッと怒張が膣襞をひしゃげてきた。

襞スジが刺激に耐えきれず、すがるように肉幹へ張りつく。ドロドロの快楽に臀部は染まっていた。

(性感帯を探られている……)

＊

拓海の洗練された腰繰りに、春奈の肉壺は悲鳴をあげる。

ショックが大きいにもかかわらず、抽送のスピードや抜き差しのリズムまでさぐってくる。

「ククク、これでもやめてほしいのか……」

三往復目になると、粘り気の濃い水音が大きくなった。桜色だったヴァギナは薔薇色に爛熟し、屈強な肉棒と絡み合っている。

「ああんっ、当たり前でしょ……わけのわからない相手とセックスしたいと思う女が、どこにいるっていうの……はんんっ……」

全身を火照らせながら、春奈は交接を拒否しつづけた。

ところが、松葉崩しの体位から解き放たれると、紅潮した小顔を物足りなさそうに曇らせてしまう。拓海に腰を抱《かか》えられ、交差位にされる。

「ホラ、嫌なら俺を突き飛ばして逃げろ。セックスしたくないだろ？　せっかくこれからあの世にいけるくらい気持ちよくなれるのに……」

後ろ手をついた春奈に、拓海は嗤《わら》いかけてくる。

春奈は嫌悪感が胸にこみ上げて、離れようとした。刹那、亀頭がゴリッと膣粘膜を抉ってきた。

「ああんっ……」

春奈は甘いあえぎ声で叫んだ。

ゾワゾワッと桃尻に電気がほとばしり、後を引く心地よさがやってくる。

「いや、腰を動かさないでぇ……中に入ってこないでぇ」

拒絶しながらも、春奈は相手にしがみつこうとする。

強烈な愉悦が、乙女心をとことん揺さぶってくる。

「悪いが、それはできねえ。俺はお前とセックスしたくてしょうがない。途中でやめるのは不可能だ」

相手は余裕たっぷりの口ぶりで、巧みに腰を繰り出してきた。

怒張は春奈の膣粘膜を削り上げてきた。息を荒げる春奈の乳首は、ツンと上を向いた。弾力性に富む乳球が叩き合った。

「逃げれば、さっきの写真をばら撒くんでしょ。母さんや姉さんを、撮影した動画で、レイプしたくせに……白々しいこと言わないで」

女欲に目覚めた春奈に、逃げ道は残されていない。

眼前の青年は、幾重にも見えない鎖を白い裸体に巻きつけてきた。何よりも、女壺を貫く拓海のペニスが逃亡を阻《はば》んでいた。

端正な顔の青年は、汗を頰に伝わせて、愛しそうに唇を奪ってきた。

「一つ、大事なことを忘れているな……」

ふたりは互いの口内を弄り合った。冷めかけた理性が沸騰し、春奈は何も考えられない。ねっとりとした唾液が喉を潤してきた。

「もう、はんん……何なのぉ……もったいぶって……」

情熱的なキスに、春奈の脳は茹った。

息を切らすと、肩は大きく弾み、柔らかい乳房が艶めかしく泳いだ。拓海は、春奈のうなじを舐めたてると、鎖骨から美乳の先端へやってくる。

「今日は危険日だろ……俺は一回射精しても、抜くことはない。五回キッチリ春奈の子宮に精子を注ぎこむ。子宮から排出された卵子と出会い、結合すれば新しい命が誕生する……赤ん坊を孕むのだ」

刹那、春奈の顔色は真っ青になる。

（今日は危険日って……生理周期から……そうだわ……）

春奈は体調管理に神経を尖らせる反面、生理の根本的な意味を忘れていた。すべては、新体操を続けるために行っている。体調管理に神経がいっており、生理とセックスを結びつけて考えたことはなかった。

「はんっ、乳首はダメだって……あうっ、はんんっ……」

危機感が春奈のスレンダーな身体に充ちる。

そんな反応をあざ笑うように、拓海の舌が乳輪をクルクルと回ってきた。滑らかな刺激が、胸の芯に残り、春奈から抵抗力を奪っていった。

「処女を失ったショックが大きすぎて呆けたか？　それとも、俺の女になる決心がついたのかな……どっちにしろ、もう遅いけどな……」

チラッと拓海は上目遣いで春奈を見上げてきた。

蛇に睨まれた蛙のように、春奈は生唾を飲みこんだ。ゴクリッという音が響き、白い喉をうねらせる。

「いやあっ！　まだ妊娠なんて早すぎるぅ……教師になるのよ。社会に出るの。その前に赤ちゃんを宿すのはおかしいわ……やあああっ……」

パニック状態になり、春奈は身体を反転させた。密合した状態で、うつ伏せになると、背後から爆乳を鷲づかみにされた。ムチムチとした白い乳房が、拓海の指に反発して、プルンッと震える。

「逃がさないよ……ちょっとは怯えてくれねえと、レイプするほうもスリルがねえし、面白くない。今さら、妊娠のリスクを思い出す馬鹿な女も珍しいけどな……」

高笑いする拓海に、春奈は眦《まなじり》を吊り上げた。怒気をこめた視線が、青年の瞳をとらえる。その瞬間、桃尻に股間がバチンッと強烈に打ちこまれた。春奈の瞳の張りはなくなり、気の強い光は弱まってしまう。

「あおーう、おーっ、お腹が熱いぃ……ひいんっ、はあ、ああんっ」

灼熱の快感に春奈は我を忘れた。それでも何かから逃れようと、腕を空中に伸ばす。青年の怒棒が容赦なく叩きこまれて、春奈のスレンダーな裸体は官能の火炎に炙られる。キリッとした瞳は妖しく蕩けて、締まりのなくなった口端からあえぎ声が飛び出した。

「毛羽立った襞がチクチク刺してきやがる。この……いい加減、おとなしくしろ、オラ、オラオラオラ……」

しなやかな腰遣いで、鉄筋のペニスを穿ちこまれる。反発係数の高い桃尻から汗がとぶ。いやいやと春奈はショートカットの頭を振った。

「イキたくない……お願いぃ……中で出さないで……」

野太い怒張を捻りこまれるたびに、魂の飛ぶような快楽に痺れた。断続的に叩きこまれると、不意に子宮をグリグリ抉られたりもした。

(これ以上締まりを強くしないで……)

春奈は自分の媚肉に祈る。

だが、圧倒的な逞しさに、牝の女膣は敏感な反応を示す。入りこんできた瞬間に亀頭冠へ膣襞が縛りつけ、捻り潰した。

「ほおお、かぶりつき方がすごいな……イキそうになった……ククク、我慢もいいが、ソロソロだな。嫌でもわかるぜ……」

抽送を繰り返すうちに、膣襞の変化がわかるらしい。春奈は、肉壺が勝手にペニスを咥えこみ、搾りたてるのをハッキリと感じた。

(いやあ、もう、イキたくないのに……)

蜜合が高まると、亀頭は強張《こわば》りを増して、さらに春奈を苦しめてきた。長い眠りについていた子宮が覚醒すると、愛液を噴き出して、女欲は剝き出しにされる。

(ああ、イッチャウウッ……)

抑えこんでいた欲求が一気に芽生えだす。ドロドロになる内奥が、拓海の亀頭を咥っていえきろうと収縮した。鬱血していた牡欲は、先端に集まり、さらに強張りを増していった。

「やあっ、ああ、イグッ、春奈イクッ……」

「よし、処女喪失一発目だ。タップリ味わえ……」

熱湯のようなとろみが、へその近くに放出された。感じたことのない他人の孕んだ熱を子宮で受けて、春奈は白い裸身体をガクガクッと痙攣させた。

絶叫の牝鳴きに吠えて、二十二歳の女子大生は草むらに突っ伏した。朦朧とする意識の中で、子種を打ちこまれた絶望感に心が折れる。

第三章　悪魔の調教

夏の夜は暑く、寝苦しい。

エアコンをつけても変化はなかった。ベッドの上で寝返りをうつと、横で寝ている和也の顔があった。

（あなた……どうして気づいてくれないの……）

志乃は夫の機微のわからない鈍感さを憎んだ。

＊

凌辱された翌日の朝。香織が犯される数時間前のことだった。

村本拓海は、和也が家を出てからまもなくして台所に現れた。

「おはよう、志乃さん。よく眠れたみたいだね」

「ひいいっ……」

あまりのショックに、心臓が止まりかけた。

身の危険を察したが、夫はおらずスマートフォンも持っていない。無抵抗な熟女に、青年は失笑した。

「昨日、あれだけ貫かれて、警察にも連絡しないとは。どうやら、旦那にも言ってないようだな。おめでたい女だ。アフターピルを服用したところを見ると、これからしっぽり抱かせてもらえるのかな……」

舌なめずりをする拓海に、志乃は呆然とした。

(家から出ていったとばかり思っていたのに……)

閑静な住宅街には、交番がある。近所の見まわりも強化されている。さすがに強姦魔も去ったと考えていた。

「サツにビビっていたら、俺の商売は成立しない」

「まだ、いたの!?　いい加減、この家から出てってちょうだい。香織や春奈のことを話すつもりはありません。あなたも諦めが悪いわね。本当に居座るつもりなら、通報します」

緊張で言葉がもつれる。下半身が震えて、自然に呼吸が荒くなった。

「あれだけよがりながら、娘の話はしなかった。いやあ、気の強さに惚れこんでしまった……志乃が芯の強い女性なら、娘さんもさぞやプライドが高いだろうな……てね」

上下灰色のトレーナー姿で、拓海は近づいてくる。

台所で洗い物を終えて、主婦にとっては安らぎの時間を迎えるところだった。平穏な心がざわつきはじめた。

「何をするつもり!?」

とっさに志乃は身構えた。

「そんなに警戒しないでよ。俺は基本的に女性には優しい」

慣れた手つきで太ももからヒップを撫でられる。

ゾワッと鳥肌がたつ。志乃は拓海の頬を張ろうとした。

「気安く触らないで。私は人妻なのよ。あなた……」

「昨日のセックスの映像をネットに流そうか？　志乃はかなり甘い声でよがっていたし、オッパイもプルプル揺らしていたなぁ。五秒の映像でも、男の勃起率百パーセントじゃないかな」

一瞬、青年は微笑みを消した。

(嘘ハッタリではない……)

あどけない顔をしていながら、青年からはどっしりとした雰囲気が感じられる。それは、社会人の経験や苦労から身についたものとは異質らしい。

「やめて！　警察にも夫にも言ってないの。だから……」

ハラハラと涙が流れた。

拓海はじっと志乃を見つめたあと、ニッコリ微笑んだ。指が目元につけられる。頬を手で撫でられた。

＊

「悪いけど、俺も仕事なんでね。可哀そうとか、傷つけてゴメンね、ばかり言っていられない。ちょっと後ろを向いて……」

ベージュ色のワンピース姿で、志乃は後ろを向いた。

「ワンピースか。ちょうどいい。一気に脱いで」

熟女は耳を疑った。

（脱ぐって、裸になれって言っているの!?）

どうしたものか、もじもじとふくよかな尻を左右に動かす。

「大丈夫。朝っぱらからレイプはしないさ。されたいなら、タップリ犯してあげるけど。志乃もほとんど寝てないから疲れているでしょ……」

尻に手のひらの感触を覚えた。

「お願いだから、触らないで……」

志乃は呻くように呟いた。

「久しぶりのセックスで、敏感になったかな。綺麗で大きなお尻だから、つい手が……。痴漢とかに遭いやすいかもね。可哀そうに……」

シュルシュルと布ずれの音が始まる。

凍りついたように、熟女は動けなくなり喉がカラカラに乾く。心音が嫌でも大きくなり、全身に響き渡る。

「犯すつもりなら、ここではやめて……声が……」

主婦は換気扇を見上げた。

（目の前は道路なのよ……）

艶めいた声は換気扇を通り抜けて、道路を歩く通学者に筒抜けとなる。

まだ、時間は八時前であり、曇りガラスの向こうには、学生らしい人影が行ったり来たりしている。

「素直に命令に従わないからさ……」

手の感触がなくなった。

「脱ぎたくない理由があるのよ……」

弁解するように志乃は言った。

「裸を見られたくないからでしょ。ほかに何かあるとは思えないけど」

「それもあるけど……うう、仕方ないわねぇ」

白いうなじを朱色に染めて、志乃はワンピースの肩に手をかける。

肩回りから身体を縮こませると、ストンと布地が床に落ちた。

「ああ、そういうことね……」

ニヤリと拓海は嗤った。

志乃は下着をつけていなかった。

真っ白な柔肌に、青年の粘りつくような視線を浴びる。ふくよかなボディラインに、ウエストやバスト周りは妖艶な曲線を描いていた。

（うう、見られるだけで疼いてしまう……）

昨夜の荒々しいセックスが脳裏に蘇《よみがえ》る。四十を過ぎてから、猛々《たけだけ》しい接合など、志乃の記憶にはない。

台所の白いタイルが鏡となり、背後の拓海を映した。

反射的に、乳房へ両腕を回し、顔を背けた。腕に擦れて、乳首がムクムクと硬くなるのを感じていた。

＊

「まずはコレをつけて……」

コトッとシンクの横に置かれたモノを見て、熟女は悲鳴をあげそうになる。

「これは……ディルドーじゃないの……」

志乃は声を落とした。

(どこから持ってきたの……)

生々しい性具に志乃の膣が高揚した。ペニスの太さは青年よりも一回りほど小さい。

ただし、いやらしい亀頭の形やエラの張った亀頭冠は、ほとんど同じである。

「ひとりでつけられなかったら、手伝うよ」

背後から不気味な殺気を感じた。

「けっこう。あなたの手は借りません。いつまで着けていればいいのよ！」

志乃は苛立ちに声を荒げた。

「ふふふ、ボクがいなくなるまで……だと、志乃が壊れちゃうから、明日までにしてあげましょう。その代わりにコレを上から着て！」

次に置かれたモノは何も音がしなかった。

志乃は何げなく視線を落として、切れ長の瞳を見開いた。

「こんなものを着るの!?　これは……」

熟女が声を荒げると、青年は肩をすくめる。

「さっきのディルドーを永遠につけてくれるなら、引っこめてもいいよ」

志乃は声を失う。

(ボンテージなんて、着たことないわ。それに……)

体型維持のため、就寝時にラバースーツを着ていた時期があった。だが、眼前にあるボンテージは、明らかに性的嗜好が目的とわかった。しかも、ラバーの部分は網目模様になっており、黒い金属繊維が肌に貼りつく仕様だった。

「つけるところは見届けないとねぇ……」

青年は眼を光らせている。

「そこでジロジロ見られると、やりづらいわ……」

「俺がつけてやろうか？　女の着替えって時間かかるからね」

うう、と熟女は呻《うめ》いた。

（アソコはまだ濡れている……）

ディルドーを手にすると、けっこう大きく感じた。

立位で簡単に入れられるものではない。モタモタしていると拓海に何をされるか、わかったものではない。

「ああ、んんんっ……」

黒髪を後ろで結《ゆ》わえて、ポニーテールにする。

指でワレメを探ると、自然に蜂尻を後方へ突き出すかたちとなった。捲れ上がった小陰唇を片手で左右に開く。

「いいねぇ……クパアッとオマ×コをさらして……」

「お願い……変なこと言わないで……」

肩で息をしながら、志乃は背後を睨んだ。

（先端が大きいわ……入るかしら……）

膣陰を人差し指と中指で割ると、空気が通り抜けた。反射的に艶尻をくねらせる。ギンッと背後からの視線が強まるのを感じた。

(視姦だわ……)

勝手に膣襞がうねりだした。触られている錯覚に陥り、花弁の奥から愛の雫が湧き出した。

「キラキラ潤んでいるから、入りそうだな……」

「うう、はううっ、ううんんっ……」

青年の声を無視して、志乃は相貌を振り立てる。

羞恥に顔が燃え上がり、汗を浮かべていく。ディルドーの切っ先に秘粘膜がふれると、思わず甘いあえぎ声が飛び出す。

*

(何とか亀頭冠まで入れば……)

シリコン製の柔軟さはなかった。

プラスチックのようなゴツゴツとした硬さが、挿入を阻んだようだ。グリッと茎玉を呑み込んだ瞬間、ディルドーが震えだした。

「ええ、はんんっ……どうなっているのよ、これ……」

「どうもこうもない。感じるとおりだよ」

困惑に駆られた熟女の美貌が艶やかに歪む。

「面白いでしょ。俺が遠隔のリモコンを持っている。それで、スイッチを入れると、こうなるというわけ……」

「ひぃ……んんっ、スイッチなんか切りなさいよぉ……あぐうっ……」

クネクネとヒップをくねらせて、熟女は悶える。

(ああ、中に入っていく……どうして……)

媚肉が本人の意思を無視して、ディルドーをグイグイ内部へ引きこんでしまう。振動が亀頭冠に伝わり、熟襞を抉ってきた。

「はい、志乃さん、チーズ」

パシャッと閃光を浴びて、熟女は啞然とした。

「何をしているの」

「写真撮影。見ればわかるでしょ」

「いや、やめなさい……」

「いやらしいポーズをしてね。女の価値が上がるよ」

険の相を浮かべて、志乃は相手を睨む。

「やめて。今すぐやめるのよ！　ホラ、言うことを聞いて」

「ぶつくさ言っていると、俺のチ×ポをぶちこむよ」

笑いながら、スマートフォンを構えてくる。

（笑えない冗談だわ……）

仲睦まじい夫婦として、近所には聞こえがいい。

志乃がボンテージ姿で、若い男にハメ撮りされた。格好の噂話として、近所の餌食にされるだろう。

（なんで潤んでしまうの……）

志乃は淫らな反応をする胎内に葛藤《かっとう》する。

悩ましくディルドーに悪戦苦闘する熟女を、拓海はパシャッと撮影してくる。体勢を変えるわけにもいかず、啜《すす》り泣きながら、志乃は豊腰をくねらせた。

「やあっ、ダメえ……」

「けっこうエロイ写真だね。タイトルはどうするかな」

「いやああ……」

「そうだな、男に飢えた熟女の本性。いいね」

「よくないわ。ちっとも……いいはずないじゃない」

志乃は涙をためて、嗚咽する。

ニコニコと青年は頷いた。

「じゃあ、次はボンテージを着て。ちょうど、ディルドーを押し込むようになっているからさあ……しっかり引っかけておいてね。動画で撮っておくからさ」

「何ですって⁉」

「静止画だと、ムッチリ感は伝わっても、生々しい臨場感がなくて」

「ダメ、よしなさい。ああ、何てことを……」

(動画だけは……)

昨夜に撮影された凌辱のひと時が、脳裏に浮かぶ。

「顔とオマ×コは、こっちに向けてね」

「ううう……んんあ……」

「そうそう。言うとおりに動いてくれればいいのさ」

拓海が同情などするはずもなかった。

ディルドーの根元にはリングがついており、ボンテージショーツのフックをジョイントさせる構造になっていた。

「あなた……この衣装はいつ脱いでいいのかしら……」

憎悪の感情を押し殺し、志乃は静かに尋ねた。

ふっと、青年は嗤いを噛み殺すように言った。

「ボクが今日、レイプに行くまでさ。それまでに、その棒ぐらいで音《ね》をあげない身体になっていてほしい。まあ、香織や春奈にも着せるかもしれないけど……志乃は絶対につけておいてほしいな……じゃあ、二人の娘さんのスケジュールを……」

ギラギラと瞳を輝かせて、拓海は撮影を続けた。

＊

あれから二十四時間以上は経過している。

(どこから操作しているの……)

パジャマの布地はぐっしょり濡れていた。

膣壺に埋めこまれたディルドーは、微弱な振動を止めようとしない。バッテリー駆動式で二日はもつという。

ただし、リモコンの距離が十メートル以上離れれば止まるとも言われた。

「ふううう っ……」

志乃は悩まし気に身体をよじった。

ギシッと金属繊維が軋む。網目の拘束具が巨乳をさらに押しあげた。

ふくよかな熟房は前へ突き出している。

（パジャマなら大丈夫と思ったんだけど……）

夫にばらす真似をすれば、夫婦とも殺される。

つまり、間接的であれ、直接的であれ、どこかから青年に監視されているのだ。もし、拓海にはわからないように脱ぐことができれば、見逃してくれると約束された。

「はぐう……あうっ……」

和也が帰ってきてからも、妻はずっと我慢していた。

夫はサッカー部の合同合宿に行っていた。さっき帰ったばかりにもかかわらず、疲れ果てているようで、すぐに眠ってしまった。

（夫を見て、気が緩んだせいで、お腹が……）

媚肉の性感はうなぎ登りだ。和也はセックスの提案をしてこない。

その反動が熟れた身体を燃やす。一番敏感な肉洞はトロトロに蕩けている。

（振動が強くなっている……）

拓海の話によると、リモコンで強弱の調節はできないらしい。

リモコンを持っている人間との距離が近くなればなるほど、ディルドーの反応は荒々しくなる。

「んんん、あはんんっ……」

つまり、闇夜に紛れて、青年が近づいているのだ。

（香織は話してくれなかったけど……）

プライドの高い長女のパジャマ姿など、母は見たこともない。

香織も志乃の姿に驚いた表情を浮かべていた。女の勘が働いたのか、互いに拓海の名前を出すことはなかった。

（香織も襲われている……）

最初にレイプされた夜。何も話していないので、自信は持てない。拓海の責めは強烈で、気を遣ってしまった。それから、口を滑らせていないと、断言できない。

「本当に監視されているはずないじゃない……んあっ……」

ポツリと志乃はつぶやいた。

カーテンは閉めきっており、部屋は真っ暗だ。

わずかに窓を開けているため、月の光がほのかに周囲を浮きたたせていた。

(彼が来ている……)

女の勘ではない。

膣穴に挿入したディルドーの振れが、明らかに強まっている。媚薬を盛られたように、息が荒くなった。喉が渇き、心臓が高鳴る。

＊

(夫の寝ている横で……)

昨日まで、夜這いされるなど志乃は想像もしていなかった。

いくら熟睡していても、限界はある。和也が夏の暑さで眼を覚ます可能性は高い。

常軌を逸脱した状況に、清楚な熟妻は、すぐにでも警察へ連絡すべきだった。だが、凌辱犯の脅迫に従わざるをえない。

(なんてはしたない女なの、私は……)

二人の愛の巣に侵入できるよう、ドアの鍵は開けてある。無駄な抵抗は拓海の神経を逆撫でですると、志乃は気を回していた。

それは、夜這いを甘受する女自身の意思に他ならなかった。

「鍵を開けておくとは……俺は歓迎されているな……」

青年の声が、人妻の鼓膜を震わせた。

志乃は答えない。寝たふりをして、身体を動かさない。

（彼が来ただけでイキそうになるなんて……）

ボンテージの繊維から、ディルドーの幹ははみ出している。

ディルドーは長すぎて、膣に収まりきらなかった。ふくよかな臀部が幸いして、尻間から少しだけ飛び出していた。パジャマの布地を盛り上がらせている。

「死んだふりをしているのかな。ふふふ、可愛いね、志乃。どれだけ仕上がったのか、黙って見せてくれるのなら、ありがたい……」

「う、んんっ……」

背後に人の気配を感じとる。

そっとヒップを撫でられて、志乃は丸っこい尻を逃がそうとした。青年の手は貼りついて、パジャマを脱がしにかかる。

「志乃の顔が見られないのは残念だ。ここは真面目に嵌めこんでいるね。ズボンを脱がせるだけで、志乃の匂いがプンプンする……」

蜂尻を振る間もなく、パジャマズボンを剝かれていく。腰回りから下は、官能の塊《かたまり》になり、触られるだけでイキそうになった。

「ふああっ……はう……」

濃艶なあえぎ声を漏らす。

「ふふふ、コイツをボクのペニスと思って大事にしてくれたんだ。待ちきれないのかな。興奮されると、もっと硬くなっちゃうよ」

パジャマの上着を脱がされる。

（勝手なこと言わないで……）

貞淑な熟女は、和也にとって献身的な人妻である。

凌辱魔に女欲を目覚めさせられたとはいえ、大っぴらに夫の前でセックスなどできるはずがない。

「ふふふ、起きたのかな？」

「お願いです。和也さんが眼を覚ます前に、取ってください」

左手の甲を口元に添えて、志乃は言った。

「確かに俺が取ったほうが早いな」

青年はクスクスと嗤《わら》い、正論を主張してきた。

志乃は背中をブルブル震わせる。

（アンタが勝手に挿入しろと脅したじゃないの）

耐えがたい屈辱が胸にこみ上げていた。脇の下から、拓海の手が伸びてきた。ピッタリと身体を寄せてくる。

「ちょっと、近すぎるわ」

「目的はわかっているだろ？　世間話をするために、夫婦の愛の巣へ来たわけじゃない。遊びじゃないからね」

「ううう、この格好、きつかったのよ」

「馴染んできたかな。プロポーション改良用のスーツだよ」

「そんなことしなくても、何とでもなるわ」

「志乃なら、できるだろうね。でも、抱いてくれる相手がいないのは、虚しいね」

「酷いわ……破廉恥な格好させて。私は胸が大きいことに、優越感を抱いていないの……ジロジロ見られるし、トップを保つのも大変なんだから……」

和也が背中を向けたので、妻はつい本音を口にする。

（あなた……もっと私を見ていてくれたら……）

夫が妻を抱かなくなったのは、セックスしても子供ができないから……だけではない。セカンドバージンになる前に、結合の記憶はあった。だが、若かりし頃の激しさや猛々しさはなかった。

「女の悩みは聞くよ。セックスに関わることなら」

青年は笑った。

志乃は唸りながらも、不満を口にしてしまう。

「この人が、もっと相手をしてくれれば……」

「求められても、拒絶はしなかったみたいだね。派手なプレイもしてそう。そこに寝ている男が相手かどうかまで、わからないけど」

「あなた、これだけ酷い真似をしながら、中途半端に情けをかけるのね」

「嫉妬しているのさ。これだけいい女を放置できないからねえ」

「はあん……んんあ……」

うなじ越しに、あどけない声で言われ、ペロッと汗を舐められた。

＊

（本当に不思議な青年ね……）

まったくの無慈悲な心しか持ち合わせていない男なら、志乃も後ろ髪を引かれることなく、警察に連絡していた。残忍な真似を涼しい顔でしながらも、どこか感情のうねりを女に見せる。

知らず知らずのうちに母性本能を刺激されていく。

(また、硬いのを図々しく押しつけて……)

熟女の白い首に熱い朱色が差す。

細かいメッシュの網繊維でできた水着を着せられているようなものだった。はみ出た尻肉に、亀頭をすりつけられる。大きな窪みができた。

「はあっ……ちょっと！　乳首を摘ままないで」

不意に乳首を指で摑み伸ばされた。志乃は顔を上げて、艶めかしく唇を開いた。

「感度良好だな……バスト九十三だろ……片手だけで掬《すく》えない。ふーん、身体を作るための涙ぐましい努力を、男は理解してくれない。でも、旦那がシテくれないのはわかっていただろ……」

耳元でボソボソしゃべりながら、拓海の指は華麗に乳肉と戯れる。

あっさり深く沈むほどの柔らかさを持ちながら、跳ねかえす弾力もたっぷりあった。

甘い刺激に浸かる志乃は、両手を重ねた。

「いつかは、和也さんも気づいてくれると信じていたわ……だって、愛し合って夫婦になったから。ううう っ……」

カリッと耳朶を甘噛みされる。

呻く熟女に、凌辱魔は囁いた。

「見ず知らずの俺に愚痴を言う時点で、倦怠期真っ盛り。アンタが待っていたのは、俺のような優しいサディストさ」

正常位にされて、志乃は万歳の姿勢になった。

手首に手錠をかけられる。拓海は熟女の尻をまくってきた。

「いやあっ、手錠を外して……和也さんが眼を覚ましたら……」

「今さら、気にすることかよ」

「このベッドは、どこにでもあるベッドではないのよ」

「そんなことわかっているよ……俺は、すべてを消し去りにきたのさ」

「んあ、はあ、やあっ……」

ギシギシとベッドのスプリングが軋む。

志乃は、甘い官能の肉癒に本能を揺さぶられつつ、夫の存在まで忘れていなかった。異常な光景が和也の眼に触れれば、家族の絆《きずな》に亀裂が入る。

悪戯っぽく青年はニヤついた。

「だからいいだろ。ゾクゾクする状況で、志乃の性感もうなぎ登りになるから。だって、根っからのマゾだろ。エロイ姿をすれば、旦那も発奮するかもね」

＊

夏夜の風がカーテンを揺らす。満月の光が濃艶な志乃の姿を映し出す。ムチッとせり出すヒップからM字形に割られた脚線。叢《くさむら》から影を残して、見る者の視線を跳ね返す砲弾のようなバスト。きめ細かい首から、凛々《りり》しいフェイスライン、ぽってりした唇、整った鼻梁に意思の強い瞳はギュッと閉じられている。柳眉は眉間から滑り落ちて、悩ましく震えていた。

「セパレートのボンテージ水着のほうがよかったな。締めつける力が強いから、破れないのがいい……股を閉じるなよ！」

拓海は小さい声で鋭く怒った。

「早くして……こんな恥ずかしい姿、夫の前でさらせないわ……」

消え入るような弱々しい声で、志乃は応じた。

(ディルドーの振動だけでも止めて……)

儚《はかな》くも虚しい願望は消えてしまう。

青年がボンテージの尻間へ続く布地を無理やり引っ張ったのだ。股割れから布地が離れるとき、グイッとディルドーが媚肉を圧してくる。

「あああんっ……あふ、ああんっ……」

澄んだソプラノボイスが絞り出される。

「馬鹿、大きな声で牝鳴きするな。本当に和也が眼を覚ますぞ」

幾分、焦った様子で青年は、志乃の耳元で囁《ささや》いた。

(あなたがいきなり引っこ抜こうとしたから……)

四十路を超えた熟女の血が逆流する。

「ふふふ、面白いな……」

「あんっ、ちょ、やめて……わたしを玩具にしないで……」

「志乃もディルドーと同じようなものだろ」

「違います……あぐう、ああっ……」

ディルドーを短いストロークで出し入れしてきた。

(ああ、アソコが……トロトロになってしまう)

愛液の湧出《ゆうしゅつ》を感じとる。熱い膣液の雫が、粒襞を濡らした。

「感度高いな」

「こんなものを入れられたら当然よ」

「アクメに飛んでいないのか」

「そ、それは……はんんっ！」

強気な志乃の眉毛が一気にたわむ。

「あーあ、オマ×コぐちゃぐちゃだ。本イキじゃないけど、十回くらいはイッてるだろ……ちょっと露骨すぎたか。馴染んだら、膣壷の底も深くなると踏んだんだけど……」

ゆっくり志乃は瞳を開けると、拓海が唇を重ねてきた。

「あうむ、ちゅう……何をするつもり……」

嫌な予感が人妻の身体にうずまく。

バチッとディルドーの締結部が外された。熟女は助かるとひと息ついた。

＊

その瞬間、

「あむうっ！　ひうっ……何いぃ……」

卑猥な姫鳴りが膣陰から部屋に響き渡る。

志乃は瞳を開けて、身体をバタつかせようとした。しかし、拓海にのしかかられて、動きがとれない。

（ディルドーを早くとってちょうだい……）

熟女の願いどおり、ディルドーは途中まで引き抜かれる。

収縮する淫襞が掻きむしられると、志乃の脳裏で火花が飛んだ。あえぎ声を拓海の口内に吐いて、何とかやり過ごす。

「むううっ、取ってぇ……はんんっ……」

抜き切ろうとした矢先に、ディルドーはまた来た道に戻されてしまう。

「いいメス面《づら》だ」

「早く抜いてぇ……あひっ、いい、んんんっ……」

「この大きさに順応しろと言っただろ」

「慣れているわ……生理反応は別よ」

志乃は強気に口を尖らせた。

「いや、順応していないな……」

いくぶん、ガッカリしたように拓海は笑った。

「ふざけないで……」

「俺はいつでも真面目だよ」

「あはああんっ……」

ググンッと志乃は女体をしならせた。

（お腹が沸騰している……）

カリ高なエラが女襞を切り裂いてくる。

果てしない淫炎で肉壺を燃やされた。志乃の痴肉は、しっかりディルドーを締めつける。

「慣れていないじゃないか……馴染ませるためにディルドーでイカせたんだ。もうちょっと順応性があると思ったのに、失望させないでくれよ。ちょっとお仕置きが必要だな……」

意思のないディルドーは、ちぐはぐなリズムで膣路を踏んでくる。

いびつな刺激が破滅的な愉悦に変化するまで、時間はかからなかった。

「やっ、んんぐっ、はううっ……あんっ、んあ、はあんっ……」

志乃は悶え苦しんだ。

次第にあえぎ声は、薔薇色に澄んでいく。

（ちょっと！　さっきとぜんぜん話が違うじゃないの）

志乃は顔を険しくして、青年に憎悪の念を飛ばす。

だが、力強く美しい瞳は、膣が引っ掻きまわされると、妖しく曇ってしまう。

手首を拘束され、凌ぎようがない。一番厄介なのは、ディルドーの抜き差しに膣壺がメロメロに麻痺されていることだ。

「ふうん、いやあ、抜いてぇ……こんなのでイキたくないの……」

抽送を否定するよう、志乃は妖艶な美貌を振った。

だが、ゾッとするほど冷ややかな声が耳をうつ。

「わかってねえ。罰だって言っているだろ。淫乱な牝犬にならなかったお前の身体を恨め。しっかり躾ける。安心しろ」

抜き差しに回転運動を加えてきた。左右への複雑な変化球に胎内がいっせいにうねる。熟女の桃尻が大きくバウンドした。

（ダメ、動かないで……）

＊

啜り泣きながら、和也の様子を見た。

ギシギシとベッドが軋んでも、夫に眼を覚ます兆候はない。

「やんっ、やめてぇえ……奥がぁ……おかしくなる」

妖しく燃え上がる官能に、志乃は翻弄された。

「くふうんっ、あぐうっ……ひぐっ……」

暑い夏の夜でも、熟女は痴膣が熱をもつのを感じた。

「清楚な美人が獣の顔になっているな。旦那が起きたら面白いのに。こんなに乱れた志乃を見たら、何て言うかな。モノほしそうな眼つきで、オマ×コに硬いチ×ポくださいって下のクチが言っているぜ」

昂《たかぶ》っている志乃の反応を、青年は本気で楽しんでいた。

「酷いこと言わないで……ああんっ……」

甘酸っぱい刺激が声に躍動感をくわえた。たわわな実りに指を沈みこまれて、唇が奪われる。

（キスも上手《うま》いわ……ううっ……）

志乃の頭が真っ白になる。

拓海の接吻は、熟女の気持ちに寄り添っていた。まさに堕ちかけている人妻の昂りを焚きつけようと、舌の抜き差しが激しい。ギュッと唇を押しつけられて、執拗に舌を絡めとられた。

「甘い味がする。本当に熟れると、どこもかしこも楽しめるな。ククク、そろそろイキそうだろ。大声で牝鳴きしてもいいんだが……オレがキスして吸いとってやってもいいぜ……」

上から目線の屈辱的な言い方も、もはや気にならない。

（抜き差しも早くなる……）

ディルドーの抽送が単調になった。膣軸を鋭い勢いで突いてくる。淫らな水音をたてて、志乃の膣襞は勝手に痙攣をはじめた。

「あっ、イクッ、お願いぃ……」

なりふりかまわぬ熟女のおねだりに、青年は喜んで唇を吸ってきた。

「はあっ……」

大ぶりな身体が美しい孤を描いた。志乃のふくよかな柔肌がいっせいに震えて、鈴なりの汗珠を落とす。

「そうか、本イキを我慢していたのか……なるほどね」

拓海は嵐に揺れる志乃の身体をまさぐり、喉奥から酷薄な嗤い声を鳴らす。

脱力感と陶酔感に満たされる身体を抱き起された。手錠を外されても志乃に抵抗する気力はない。だが、和也を下にしたかたちで、四つん這いにされると、志乃も不安に駆られだす。

*

「次はどうするつもり……」

相手の意思は読める。それでも聞かずにはいられない。

「ちょっとクールダウンしようと思って。このディルドーをアナルに突っこんで、俺のチ×ポをオマ×コに刺す。ただし、ボンテージ越しだ」

ディルドーを抜かれて、パチッと後ろの穴へセットされる。志乃は恐れおののき、苦痛に顔を歪めた。

「アナルはダメ。経験ゼロなの……」

強気な熟女が怯えた表情になる。

「初めは誰でも未経験さ……」

青年は許してくれそうになかった。菊座にディルドーをセットされ、ヌルッと菊門を撫でられる。

（入るはずないわ……）

背後を振り返り、志乃の顔は真っ赤になった。

（まるで犬じゃない！　尻尾をつけられたみたい……）

そうこうするうちに、タプンと巨乳が前後に揺れはじめた。

「ストッキングの布地に、オレはゆっくり動くから。志乃は旦那の上でじっとしてりゃいいよ」

青年の極太ペニスが秘裂直下に押しつけられた。

「うぐっ……やめて……こんな……」

愛する夫が眼と鼻の先にいた。ベッドの端に手をついて、立ち膝になる志乃。クッと肉棒を押しこまれる。ディルドーが菊穴を切り裂き、苦痛がはしった。同時に、焼き石のような剛直に刺激され、甘い愉悦に痺れる。

「旦那にオレたちの愛し合っている姿を見てもらおうぜ……」

嫌な予感がしていた。

和也の手足は拘束具が取り付けられている。それは、いままで自分の四肢の自由を奪っていたモノだ。

（まさか、本気で夫に……）

全身に滝のような汗が噴き出す。焦りと不安は菊壺の痛覚も鈍らせる。

「あふん、いやんんっ……ここまでしなくてよかったでしょ……」

すべては後の祭りとわかりつつ、志乃は哀願する。

「人妻が堕ちる姿……それは、夫に見られながら、ほかの男のチ×ポでイクことだ」

簡潔明瞭な凌辱鬼の言葉に、熟妻の顔色は変わる。

（でも、逃れようがない……）

ジリッ、ジリッ、とディルドーが後ろの穴を侵食してくる。想像以上にたやすく腸壁を掻き分けられ、志乃自身がショックを受けた。ボンテージの布地越しには、熱く硬いモノが攻め立ててくる。

「いつ旦那は眼を覚ますかなあ。志乃がアクメに飛んで甘い唾液を零したときか。それとも、オレのモノに牝犬の鳴き声をやかましく喚《わめ》いたときか」

数々の経験に裏づけされた生々しさが伝わってくる。

「負けないわ……わたしは一時的にアンタに狂わされているだけ。別に和也さんへの愛が消えてなくなったわけじゃないの」

　拓海の腰繰りに甘いあえぎを漏らし、志乃は抵抗の意思を示す。

「それぐらい気が強いと、オレもやりがいを感じちゃうよ。ふふ、ストッキングの布地が処女膜みたいだ……いつ破れるかな……」

　タップリと熟れた脂が詰め込まれた肉尻に、赤い切っ先は容赦なく突き立てられる。ギチギチと悲鳴のような摩擦音が志乃の脳内で弾けた。

（でも、この生地を破るペニスに貫かれたら……）

　天にも昇る快楽を得られるのは間違いない。和也を眼下にしても、熟女の欲求不満は消え去らない。二穴を犯さると想像して、隔壁も痺れだした。

「大きなオッパイも触らず、マ×コにチ×ポをぶちこまずに、旦那はよく寝ているよ。あんたがいなくても、大して問題ない、って言っているみたいだね」

　拓海の突き上げが強くなった。

（ああ、トロトロのビラビラに当たっちゃう……）

　菊穴から下の布地は、ストッキングより布目は粗いため、網目と見做《な》されても文句の言えないものだった。悔しい思いは湧かず、淫らな刺激に敏感となった。

「あふううんんっ……もう、ナマで入れないで。これ以上刺されたら……どうなるか自分でもわからない」

白い腕をプルプルさせて志乃は弱音を吐く。

「野生の熟牝になるだけだろ。本能的な肉欲に従う犬種だよ、志乃は。ホラホラ」

いちだんとピストンの強さがギアを変えてくる。

「あうう、お尻のほう、もうそれ以上入れないで……どっちも疼いているの……ああんんっ」

ピシピシと何かが切れていく。

志乃は、ボンテージの布地が裂けていると知り、背後を振り返る。まろやかな白い乳房がユサユサと跳ねた。

＊

「志乃……お前、何している」

刹那、人妻の身体が硬直した。

凌辱鬼が代わりに返事をする。

「御覧のとおり、セックスですよ。見りゃわかるでしょ。奥さんはボクのペニスに夢中です。仕方なく、協力してあげているわけですよ」

「変なこと言わないで。あなた……ああぁんんっ、感じちゃうの」

バチンと布地が裂け割れて、膣陰に極太の亀頭が刺された。

この世で最も美しい痴態を人妻は演じる。ドッグスタイルでのけ反り、満月に向かって死悦の快楽を吠えた。

(助けてって……言うはずなのに……)

タイミングが噛み合わなかった。

感じることを口ずさんだ以上、志乃は夫に不貞へ進んでのめりこんだと主張しているようなものだった。

「貴様、俺の妻に何てことを……今すぐやめろ！」

和也は起き上がろうとしたが、四肢を拘束されて、指一本動かせられない。

血を吐くように、結合から志乃を引き剝がそうとしているようだった。

「ああ、あなた……ひゃううんんっ、奥を突かないで……」

「ククク、今さら、被害者を取り繕っても無駄だよ。そういう台詞は、旦那に言うものだぜ。志乃は深刺しが好きだよね。旦那さんじゃ届かなかった子宮の扉をコリコリやられるのが堪らないねぇー」

拓海は志乃の心を口にして、膣壺の蕩け具合を愉しんでいる。

人妻は妖艶なあえぎを止められない。肉欲の宿る女襞とペニスが戯れ、抱擁し、擦れあう音が部屋中に響き渡った。

「ううう……志乃……元に戻ってくれ……」

和也は歯を食いしばり、何ともいえない表情で見上げてくる。

愛する妻への優しさや悔しさの中に、蔑視の光を志乃は見いだした。

(見下されている。ああ……うう……)

切なさと恥辱に胸が張り裂けそうになった。

だが、それでも侵入してくる拓海の肉棒は猛々しい逞しさに硬く肥えており、和也のペニスと比較することもできない。

(後ろの穴も感じてきちゃうぅ……)

認めたくないが、アナルへの性感もあるようだ。膣道を踏みにじられて、牝鳴きをいななく一方、腸襞にめり込んでくるディルドーも心地よい。

「何でそんな破廉恥な服を着ている!?　本当に志乃か？　まさか、同意の上でセックスを俺にアピールしているつもりじゃないだろうな？」

二人の嵌め合いに嫉妬したのか、だんだん、和也の表情が変わってきた。

「違うわ！　同意なんて……ああんんっ、やあっ……」

白い腕がプルプル震えた。野太い亀頭がギンッと胴回りを増す。

「まだ、わかんねえ？　アンタの粗チンより、オレのほうがいいのさ。和姦を見せているわけじゃない。セックスアピールの差を志乃は身体でわかったのさ」

「おごおっ、硬すぎるぅ……志乃のお腹に二本のオチ×チンが入ってくるぅ」

ついに、熟妻は鉄壁の仮面を外していった。

（和也に見られているせいで、昂っちゃうなんて……）

夫への裏切りに対する罪悪感が影を潜めて、全身を燃やし尽くす。灼熱の官能に志乃は引き摺りこまれた。豊満な身体が前後に振れだす。

＊

和也の視線も変わりだす。

牡欲の鈍い光、嫉妬、さまざまな感情のうねりを感じた。

「Gスポットいい。気持ちいいのよぉ……ああんんっ、そこも突いてぇ」

志乃はあられもない肉欲に崩壊を始めた。

「志乃……頼む。元に戻ってくれ。清楚で気高く、凛とした美しい妻こそ俺の自慢だった。快楽三昧《ざんまい》に堕ちたら、戻れなくなるぞ」

「ああ、あなたぁ……」

懸命な夫の問いかけに、人妻は一瞬、正気に戻りかける。

だが、ズンッ、ズンッと膣壺に極太ペニスが嵌まりこむと、熟女の頭は機能不全になる。

ズブッ、ズブブブ……。

容赦ない青年の繰りこみに、志乃は理性を飛ばされる。

ウネウネと蠕動《ぜんどう》する膣襞を切り裂かれると、極上の快感が待っていた。

「大きいオチ×チンは好き。もっとオマ×コをいっぱいにしてちょうだい」

「何でも言えるようになったね。志乃」

「ああっ、ひぃん」

砲弾のようなたわわな実りが揺れる。

(もうダメ……)

豊満な白い艶臀の内側は、拓海のペニスにギッチリ喰いついていた。

強烈な膣襞のかぶりつきを振りほどき、そそり立つ肉棒が志乃をとことん追いつめる。脳内に巨大なペニスが像を結ぶ。

むんずと白乳が摑まれた。

「ホラ、旦那さん。奥さんのチクビが尖っているのを見たことないでしょ。形も大きさも最高のうえに、乱れたらエロイなんて……でも、旦那さんでは宝の持ち腐れですよ」

肉と肉が激しくぶつかり、淫らな音が弾けた。

「いあんんっ、和也さん……見ないでぇ……拓海くんも気が済んだでしょ。もう、充分じゃない。解放してちょうだい……」

何とか夫に哀訴した。ドロドロの膣ヒダには、切っても切り離せない快楽がこびりついていた。

「そうだなあ……旦那の前でおねだりしたら、考えなくもないな。オレのチ×ポのほうが大きくて硬いから、ほしくてたまらないの、くらいは……」

ピンピンと乳房の先端が嬲られる。

顔をのけ反らすと、渾身の一撃を食らう。深い密合に女肉は万力のごとく、ペニスをしごきたてる。

（そんなこと、できるわけないわ……）

旦那の前で裸になり、セックスしているだけでも、取り返しがつかない大事件なのだ。さらに、旦那よりも凌辱鬼のほうが自分を満足させるなど、口にできるはずがない。

「ククク、諦めが悪いね。そういう性格は嫌いじゃない」

拓海は単調なリズムから、少しずつ腰繰りを変えてきた。

「ああんっ、な、何なの……捉えどころのないリズムで……いや、あはん、あんんっ、あ、う、ああんっ……」

ヌルヌルッと甘い快楽神経をこそがれていく。

射精間近の性欲による動きではない。それだけに、青年の真意をつかみ損ねた。ユサユサと腰が揺れてしまう。

流水の動きだった。

強烈に野太い剛直を、拓海は実に上手《うま》く使いこなしてくる。

先ほどのリズムは、まだ続いている。膣口で亀頭を遊ばれて、胎内の切なさがピークに達すると、拓海は時間どおりにポルチオまで、ゴリッと抜き差しを繰り返してきた。

「何なの……はあんっ、あ、あんんっ……」

快楽が身体を満たして、志乃は心地よさそうな鼻息を漏らした。

＊

「志乃……お前、何ていやらしい顔だ……」

ショックを受けたように、和也は呆然と見上げてくる。

「ああ、見ないでぇ……ううんっ、気持ちいい！」

すべてが崩壊した瞬間だった。

「お前、この野郎！　俺の妻に何をしやがった!?　志乃をボロボロにした罪は重いぞ……ま、まさか……一昨日、声をかけてきた奴か……」

夫の抵抗が止んだ。

「事情をようやく呑みこんでくれたみたいで……オレは奥さんを殴ってもいませんし、ナイフで刺してもいません。セックスをして、奥さんから堕ちたんです。そうだろ！　二穴ぶちこまれて喜ぶ牝犬になったんだろ」

志乃の子宮に止めの一撃が穿ちこまれた。

愛欲に飢えていた熟女は、本能に従い、澄んだ声で吠える。

「はあっ、そうですぅ……志乃は、和也よりも拓海のオチ×チンが大好きな牝犬になりました……だから、もっと突いて！　奥まで強くぅ」

切なく訴えかける。

拓海は流水の動きから、ゴツゴツした律動にリズムを変えてきた。体重の載った肉棒が膣奥に根をおろそうと襲ってくる。

「志乃、ダメだ……元に戻ってくれ。はしたない言葉遣いやモノ欲しそうな眼つきはよせ。頼む……元の優しく清楚な女性に……」

「ああんっ、すごいぃ……一杯きているぅ……硬くて重いのぉ。お尻の穴まで気持ちいいのぉ……二本で貫かれて……志乃、おかしくなっちゃう」

「ハハハ、もう旦那の言葉は耳に入りませんね。でも、あなたも同じ穴のムジナですよ。自分は違うような言い方をやめてください。まあ、美味しい思いをオレだけ味わう真似はしませんから、安心してください」

「どういう意味だ……」

「先生をオスにしてあげますよ」

淫膣と肉棒の摩擦音で、会話は遮断された。

（もうダメ……）

晴ればれとするくらい、拓海のペニスはタフだった。

桃尻に股間をぶつけられると、まばゆく汗が宙に飛ぶ。ガンガンと肉柱に子宮を叩かれると、脳裏が紅くスパークした。

そのとき、聞き覚えのある声が、静謐《せいひつ》な闇を切り裂いた。

第四章　悪魔の乱交

教師の不貞に関する世間の視線は凄まじく厳しい。

だからこそ、志乃が自分から求めてこない限り、性行為は避けてきた。

（まさか、裏目に出てしまうとは……）

手足を手錠で×印に結ばれている。

月光に浮かんだ顔を見たとき、和也は連続婦女暴行犯でニュースになっている村本拓海を思い出した。

「香織！　すぐに逃げなさい……何でここへやってきた!?」

同じベッドで愛妻が凌辱魔にレイプされている。優秀な長女に、状況が飲みこめないはずはなかった。しかも、パジャマ姿ではなかった。

「和也さんが間違って警察に駆けこんだりしないよう、いい思いをさせてあげるんです。オラ、早くご奉仕して差しあげろ」

志乃を責め立てながら、拓海は声を荒げた。

「わかりました。和也様。御主人様の命令により、奉仕させていただきます」

「どうした!? まさか、アイツに……くそ、なんて奴だ……」

長年のリビドーが和也の股間を燃やす。

愛妻の堕ちゆく姿に、なぜか興奮と高揚感すら覚える。みるみると性器の海綿身体に牡血が溜まっていく。

(香織はなんて服装をしているのだ!?)

チェック柄のスカート、水色のシャツ、リボン……ブレザーがあれば、和也が教鞭をとる高校の制服になる。

「お義父《とう》さん……教師にならなかったお詫びをします……許してください……」

「今さら何を……逃げろ!」

「旦那さん。これから素晴らしい懺悔《ざんげ》をしてもらう。つれない態度をしないように。そうでなければ……」

ゴツンッと鈍い音が響き、志乃は弓なりに身体を反らせた。できれば見たくもない愛妻の牝堕ちだった。美女の身体は拳銃で撃たれたように爆《は》ぜる。

「ああーん、拓海の精子がドクドクきている……熱いぃ。ああ、あんっ、志乃のマ×コがピクピクして止まらない。ああ、ああんっ、どうしてこんなに気持ちいいの？　あうっ……志乃、イグウッ！」

豊満な胸が艶めかしく動き、甘い匂いに包まれる。

（くそおお……眼の前で志乃を犯されるとは……）

怒りと憎しみがさらなる性欲を呼びこみ、和也のボクサーパンツをこんもりと膨らませた。やがて、志乃は白い柔肌にびっしりと汗を滴らせて、気を遣ってしまった。

＊

「お前……何をしている……」

志乃から離れた青年は、ボクサーパンツを穿き、部屋の隅に移動する。

「旦那が長女になぶられるシーンを、記録に残すだけです」

平然と拓海は答えた。三脚を立てて、ビデオカメラを置いた。別の場所では、スマートフォンがこちらに向けられていた。

「ば、馬鹿な！　俺は香織に何もさせない」

「オレの命令しか香織は聞かない。娘といっても、かたちだけだろうが！」

ズバッと事実を言われて、和也は呆然とした。

（何だと……香織と俺に血の繋がりはないが……）

香織と春奈は、志乃の連れ子だった。

「ウフフフ、義父さんのオチ×チンって意外と大きそうね……拓海には及ばないけど」

香織はうっとりした表情で肘をつき、片方の手で撫でまわしてくる。

「触るな！　うあっ……」

テントを張る頂点に手の指が登ってきた。

「ふうん、ピクピクしているわ」

「ダメだ、んおお……」

和也の口から苦悶がもれる。

「やせ我慢していたのね。可哀そうなお義父さん……」

美女は黒ぶち眼鏡を光らせた。

（あの眼鏡は学生時代に使っていた……）

妖艶な美女は、女子高校生にしか見えない。

「ウフフフ。いいでしょ、この眼鏡。けっこう、そそるみたいね」

「俺は何も……ほおうっ！」

「嘘バレバレ。こっちは正直ね。ピクピクうなずいているわ。パンツ越しでもわかるのよ。ねえ、偉いでしょ？」

香織はクスクス笑った。

(妖艶な笑顔を……)

元々、顔立ちは整っているため、年齢よりも若い印象を持たせる。頬へ垂らす髪の毛を三つ編みに、肩口から背中へ落とす髪をポニーテールにしていた。

禁断の欲望が、ムクムクと膨れだす。

「男なら、学生服の女に性的興奮を覚えることは罪じゃありません」

拓海は悪魔のごとく囁いた。

「破廉恥なことを抜かすな！　俺は高校教師だぞ。女子高生、ましてや娘に欲情するなど、父親としてあってはならないのだ……」

「でも、義父さんのココは違うわ。どうしてかしら。母さんに欲情したの？　それなら、もうおさまってもいいはずよ……」

横たわる志乃にはシーツがかけられており、顔まで見えなくなっている。

和也の視線は、制服姿の香織に釘づけだった。

（なんて色っぽい格好をしている……）

高校生の頃の香織は、和也の記憶にしっかり残っている。

他校にも轟《とどろ》く美少女の噂を義父は苦々しく聞いていた。その心に、義娘を我が物にしたいという煩悶《はんもん》もあった。

「煮えきらないわね……もう……」

香織は黒眼を潤ませていた。明らかに義父のペニスを狙っていた。

＊

「ああ、やめろ！　服を脱がすな……」

「ダメ、もう遅いわ」

「そんなことはない。時間をかければ……」

「フフフフ、時間を使って、慰めてあげる」

ブリーフごと、パジャマズボンを香織に引き抜かれた。ビンッとそそり立つ屹立に、和也は顔を背ける。

拓海が香織に命令する。

「香織、早く可愛がってやれ。苦しんでらっしゃる。クチで丁寧にご奉仕して差し上げろ……」

「わかっているわ、御主人様。お義父さんのオチ×チンがバカになるまで、慰めてあげる……」

キラッと香織の眼鏡が光った。

「馬鹿！　変なことをけしかけるな。ああ、香織……やめてくれぇ……おおう」

ソロッと玉袋を撫でられただけで、意識が飛びそうになる。

「いい声で鳴くのね。初めて聞いたような気がする」

「お前は、香織に何を教えたのだ？」

「人聞きの悪いことを言わないでください。俺は、お義父さんの悦ばせ方を仕こんだだけです」

「お義父さんはやめろ！」

「ああ、怒らないでぇ……」

白い指が睾丸をなぞってきた。

「ほおん、んおおお……」

天にも昇る心地だった。

(香織まで凌辱したのか……)

あとを引くなぞり方は、凌辱魔に調教されたとしか考えられない。

「焦らないで。ゆっくり楽しみましょうよ」

「んおお、やめてくれえ……」

「フフフ、何もしていないわよ」

ふっと息を陰毛に吹きかけられる。身動きがとれないほどの快楽に義父は縛られる。

(なんてさわり方を……)

肉棒に指一本触れられていないのに、怒張は先走りにまみれている。

「やっぱり、香織に淫らな思いを持っていたのね」

「そうじゃない。これは、生理反応だ」

「好きでもない女に、精液をお漏らしするのが、生理反応？　苦しい言いわけなら、しなくていいわ……」

「どうするつもりだ!?」

「義父さんのオチ×チンの亀頭を舐めなめしてあげる」

香織はクスッと嗤い、ぽってりした唇を亀頭に近づけてきた。

和也は額に汗を浮かべて、腰を捻る。

「フフフ、ダメよ……逃げる義父さんなんて……香織にいやらしい思いを持っていないなら、身体で証明して……ね……」

チュッとキスをされる。

「ぐおおお……」

「いい反応だわ。ゾクゾクしちゃう」

「やめてくれ。もう、充分だ」

「濃い精液の匂い。アソコが疼いちゃいそうになるわ」

「頼む、もうやめろ……」

「我慢強いのは大好きなの……チュッ、ふうむ、レロレロ」

「ふおおお、んんおお……」

「あら、またお漏らしが出てきているわ」

嬉しそうに、香織の舌が瘤肉を舐めてくる。

(すごい刺激だ……)

蒼い電流が肉塊に走り、和也は腰をくねらせた。

「ご満悦って顔ね。でも、お楽しみはあとで……」

義父の悶える様子に、香織は眼を細めた。だが、一気に嬲ってはこない。

「説得力のないオチ×チンね。露骨に反応しすぎよ。でも、香織に早く咥えてほしくてしょうがないか……それとも、セックスまでしたいのかしら……」

和也は香織の言葉に耳を疑う。

「お前、なんてことを……すべて、貴様が仕組んだのか⁉　大事な娘まで手を出しやがって……絶対に許さんぞ……」

「御主人様を怒らないで。オチ×チンもおかんむりね」

「香織は黙っていなさい」

ペニスをカチカチに硬直させて、義父は拓海を睨んだ。

青年は冷たい視線を浴びせてきた。

＊

「自分の性欲もコントロールできない三流教師に、言われたくはありませんね。動画を撮影して、上手く編集する予定です」

「何だと？」

義父はうろたえた。

「一家四人の破滅記録の動画を撮影しているのです」

「お前の目的は何だ？」

「そうですねえ。俺のサッカー人生も嘘みたいに崩壊しました。どんなに努力を積み重ねても、崩れ去るときは一瞬です。そのあっけない美しさを、商売にしたのです」

想定外の答えだった。

（そうだ、確か、村本拓海は……）

和也は忘れていた。村本拓海は、ドーピング違反でサッカー界から永久追放されていた。別のチームのスポンサー企業が開発した精力増強剤を使用したと聞いている。だが、スポンサー企業の噂話は、あっという間に消えていた。

拓海は言葉を継いだ。

「先生の堕ち動画は、特別版にしますよ。ククク、動画では香織の顔は映っていません。あなたは、ひとりの女子高生を家に呼び出して、ＳＭプレイをやらせた。どうです……いいシナリオでしょ」

和也の顔から血の気が引く。怒る気力よりも、今まで築いてきた地位を失う恐怖に思考回路が寸断された。

「おおう、香織……今すぐやめろ。ああうっ、いかん、舐めてはダメだ。舐めては……俺は何もかも失ってしまう……」

困惑する和也のペニスは、小刻みに跳ねまわった。

「あん、なかなか手強《ごわ》いわ。普通、こんなに動くものじゃないのに」

「先生のオチ×チンは、俊敏だぞ」

「御主人様のオチ×チンと違うの？」

「大きさも何もかも違うだろ。俺のチ×ポで及ばないのは、跳ねまわる俊敏性だ。小さければ小さいほど、フリフリできるからな」

「よけいなお世話だ！」

「ふうん、確かに小さいわね。だから動くのね」

男のプライドがズタズタにされた。

(それでも、香織を止められない)

心地よさと快楽に、和也はなんとか抵抗する。

「あむう、はうむ……」

「嫌だ。香織、眼を覚ましてくれ……」

「ああん、もう……チュパ、チュル……パクッ」

「ほおおうっ……」

　義父はギシギシとベッドで身体をよじり倒す。

（香織の口の中に、ペニスが……）

　イライラしたのか、香織は怒張をパックリ咥えこんだ。

「チュルチュル……んん、すごいお漏らし……」

　亀頭を捕まえられて、ベロチューされる。

「んおお、やめろお……」

「我慢強いのはいいけど、チュル、無理はダメよ。義父さん」

「うおっ……」

　和也は奥歯を噛みしめた。

　トクトクと窪みからカウパー腺液が飛び出し、香織に舐めとられる。するどい吸いこみに、腰が跳ねる。

　温かい息が肉棒の肌に吹き抜けて、ネットリと舌が裏スジを這い上がった。

（腰が抜けそうだ……）

　フェラチオなど、志乃にされた記憶はなくなっている。

　すべては妄想の中であったことだ。それが、義娘によって現実となり、破壊的な威力で和也を脅《おびや》かす。突き抜ける快楽に耐えるため、義父は太ももに力をこめた。

拓海が次の段階に移る指示を下した。

「義父さんはいい顔になってきた。軽く尺八をやってあげなさい……」

「はい、苦しそうなので、このまま顔に出してもいいわよ。義父さん」

「ふざけるな！　俺は負けない……」

スラリとした指が軽く肉竿に触れてくる。

「尺八ね。ウフフ、可愛い。ペロ、クチュ……」

「こおお……ダメだ。あああ……」

あまりにも妖艶な光景を眼にしただけで、男はイキそうになった。

香織の高い鼻梁の下で、ヒクヒクと鈴口が震えている。

「でも、さっきより硬くなっているわ」

「気のせいだ。何も変わっちゃいない」

「我慢汁は増量しているのに？」

「ううう」

＊

香織は微笑んだ。人差し指で亀頭冠を撫でまわした。

先走りの量があっという間に増えた。

「ずいぶん溜まっていたなあ。早く志乃に放出してあげれば、こんなことにはならなかったのに……ホラ、香織。舐めとって差し上げろ」

「フフフ、義父さんのオチ×チンを香織のクチでお掃除してあげる」

プニプニした唇が亀頭にあてこまれる。

和也が衝撃に耐える間もなく、チュルチュルと精液をバキュームされた。ビリビリと猛烈な刺激に襲われる。

香織の舌が、射精を促《うなが》すよう尿道口を往復した。

「ホラ、早く出しなさい……全部香織が飲んであげるから……」

「そんなこと……できるわけないだろ！」

義父は泣きそうな声で叫んだ。

（アソコが燃えそうだ……）

白魚の指先が肉幹の上を華麗に滑ってくる。

和也は裂けんばかりにシーツを握りしめた。プルッ、プルッと聳え立つ肉茎に変化が起こりはじめる。

「義父さんのオチ×チン、噴火が近そうね」

香織はジッと和也の顔を眺めたあと、シュッと不意にペニスをしごいてくる。

「おああ、やめ、イクッ……」

熱欲のせり上がりは、和也にも抑えこめない。微かな痙攣を感じとったのか、香織の唇輪が亀頭冠まで滑り落ちる。

「フフ、来る、義父さんの熱い精液が……アグウッ、グウウッ、ングッ。ふうん、けっこうこってりしているわね……」

余裕の表情で、美女は白い喉を波うたせる。

(俺の射精を香織が……)

押さえこんでいたどす黒い牡欲が目覚めだす。

愛しさの一線を超えて、自分の女にしたいと思っていた香織が、自分の精子を嚥下《えんげ》したのだ。生々しく、麗美な唇がペニスに貼りつき、粘膜の接触で一気に肉山が噴火した。

（いや、ダメだ……香織は義娘だぞ）

高校教師の脳裏に煩悩と理性が反発し合う。

煩悩の琴線に愛娘が触れてくる。

「義父さん……ングッ……本汁出してないでしょ。何年も溜めていたリビドーがこんなものじゃないはずよ。拓海のオチ×チンですら、さんざん吸いとったのに、まだメキメキだから……」

香織は唇を亀頭にキスさせたまま、ブラウスのボタンを外しはじめた。ブルーの布地は蠱惑《こわく》の膨らみを秘めている。白い喉から、鎖骨へと和也の視線が移る。

「服を脱ぐな……義父さんをからかうのはいい加減にしなさい……」

メッキの剝がれた父親。それでも、必死に威厳を取り繕う。

「フフフ、冗談でフェラチオなんてしないわ。御主人様である拓海の命令だから従っているの……ホラ、硬くなってきた。義父さんは香織のドコを見ているの。髪の毛？　唇？　それとも……オッパイ見たいの？」

淫魔の声が和也の煩悩を強大にする。

「しゃべらないでくれ……早く、変な真似はやめて、アイツを何とかするんだ」

精一杯の抵抗で、義父は声を振り絞る。

（愛娘の胸に欲情するなんて……教師としてあるまじき行為）

何度か娘の着替えに遭遇し、絶交された過去が頭をよぎる。

二十七歳の美女の胸は、あの頃とは質が違う。

硬さが残る張りのよさに、熟れた脂肪がのっているのだ。そんなやましい想像は数えきれないほど脳裏をかすめた。

「香織のオッパイを見るのは初めてかしら？　下着姿は見られちゃったことがあったけどなぁ……チュルッ……義父さんのオチ×チンも嫌いじゃないわ。なんか、虐めがいがあって面白いわ……」

「ううっ……咥えないでくれぇ……」

白いボタンを外すたびに、亀頭が硬くなる。

香織は唇で抑えきれないと判断したのか、甘嚙みで亀頭冠まで呑みこんできた。さっきとは違う心地よさに、和也は呻いた。拓海が淫戯を急《せ》かす。

＊

すでに、和也の四肢の拘束は青年に解かれていた。

「テンポアップしろよ。このオヤジを強請《ゆす》るネタづくりが終ったら、とっておきをプレゼントしてやるから……」

「わかっているわ。御主人様も焦らないで……香織はひとりしかいないから」

「何をするつもりだ。お前ら、何を企《たくら》んでいる……」

もはや、和也の声は恐怖に怯えていた。

（おお、香織の胸が……なんて柔らかそう……）

ブラウスのボタンがすべて取れた。

香織はノーブラだった。バスト九十を超えるたわわな実りが義父の視線を引き寄せる。和也は知っている。志乃のバストと違い、弾力性に決定的な差があるのだ。

和也は下半身を熱く痺れさせていた。

ペニスの皮が強張《こわば》りすぎて、感覚を半ば失いかけている。そこへ、釣り鐘状の白乳を挟みこまれた。冷たく破滅的な双房が茎胴に生命の息吹を与える。

「おああっ、なんて柔らかい。それにしっかりと弾力もある……パイズリなんて……親子ですることじゃない……」

「今は親と子じゃないわ。河合和也というひとりの男と、河合香織という一人の女なの。だって、このはしたないオチ×チンは、香織のパイをほしがっているもの。そうでしょ……ンジュウッ！」

深い谷間に挟まれた屹立に、香織の唇が襲いかかる。強烈なバキュームフェラをかまされて、男の腰が淫らにバウンドした。

(性器がどこかへ千切れ飛びそうだ……)

乳圧は極上の快楽を伝えてくる。

無数の血管を浮かばせる幹の樹液が一気に吸われて、根っこが引っこ抜かれたような気分になった。

「震えているわ……可愛い……」

余りの刺激の強さに、和也は黙ってしまった。そんな義父の様子に香織は眼を細める。凛々しく三つ編みの髪を頬に揺らし、長い睫毛を伏せた。

＊

(頼む……俺から理性を吸いとらないでくれ……)

精液よりも理性のほうが足りない。

月光に浮かぶ丸房は、白い円球をクッキリと描く。わずかな陰影の濃淡差が、立体的な質感を生み出す。

「頼む……もうやめてください……」

和也は身の破滅を確信し、口調を変えた。

高校教師の心の揺らぎを、拓海は見逃さない。

「じゃあ、香織としっぽりヤッてください。今まで伝えられなかった愛を存分に与えるのです……」

「そうすれば、動画を削除してくれるのか？」

「残念ながら、破棄はできません。ですが、高校へ送りつけたりするのは諦めてあげますよ……」

拓海の言い方に、和也は嫌な予感を覚えた。

（まだ、何か要求があるのか……）

仕方なく義父は首を縦に振った。

すでに、抜き差しならない状況に一家は追いこまれている。四肢の拘束を解かれても、男に逃げ道はなかった。

何よりも、香織のフェラチオが和也を捉えて離さなかった。

「香織……おおんんっ……」

説得しようと秘めた気力が、美女の舌に溶かされていく。

「なあに？　義父さん……もう二発目が出そうなの……元気なのは好きだけど、早漏は拍子抜けしちゃうわ……体育教師なら、もうちょっと耐えて……」

チラッと香織に見上げられて、股間を疼かせる。

黒ぶち眼鏡の美女は、絶え間なく濡れた唇を動かしている。首下の濃紺のリボンが可憐に揺れる。

「ひあおんっ！　カリを乳房で押し上げないでくれ。一気に果ててしまう。頼む、これ以上は感じさせないでくれ……」

ムチッとせり出す豊胸で、亀頭冠をグイッと引っ張られる。射精欲が精嚢袋に渦まき、和也は悲鳴をあげた。

（二度も香織の口に射精するなんてできない……）

愛娘への願いとは裏腹に、亀頭の痙攣は止まらない。

「はうむ、ぺろ……クチュ、ふうん、ううんんっ……」

香織の乳肌に肉竿を乱打される。理性の抜き取られた防波堤は、決壊寸前である。

そこに、美女の口輪が滑り落ちてきた。

和也は引き留めることもできず、なされるがまま、快楽に浸る。

（イラマチオになる……）

未経験の性戯である。四十歳を超えたとはいえ、性的興奮を覚えざるをえない。

「ああ、なんて気持ちいい……」

ついに、高校教師は牡に堕ちた。

愛娘の口内を自分の肉棒で蹂躙《じゅうりん》している。眼前の事実が、射精欲と共に腰を痺れさせた。

「まだ、頭をつかまないで……」

香織に釘を刺されて、和也の腕が宙にさまよう。

ジュボッ、ジュボッ、と口内粘膜と肉棒が擦れあい、犯し合う。

「ああ、なんてエロイ顔をするのだ……香織は淫乱な娘だったんだな」

高揚感に脳を焼かれて、和也は長女の髪を撫でた。

「そうよ、わたしは破廉恥でエロイ女なの。本当はオチ×チンがないと生きていけないくらい、飢えているの……あんんっ……はうむ……」

ブルーのブラウスの中で、白い乳房が弾む。深い谷間に唾液が流れる。源を追うと、厚い唇の端が弛み、雫を漏らしていた。

チラッと香織の大きな瞳が見上げてくる。

ゴツイ両手が艶々した髪の毛をガッチリと摑んだ。

(アイツ……香織の喉まで調教したのか……)

和也は夢中で腰を振りつづけた。

香織は端麗な顔を蕩けさせ、見つめてくる。その向こうには、緑と黒のチェック柄のスカートがヒラヒラ靡いていた。

「一気にイク……おおっ……飲みこめ、香織!」

重い疼きが精嚢袋から肉棒へこみ上げた。みっちりと貼りつく喉粘膜が射精を急かすように蠢く。ドクンッと腰を跳ね上げると、香織は瞳を見開いた。

「アンングウッ……ヒグウッ……ンングウッ……」

「いいぞ、もっと卑しい顔をしろ!」

「んんんっ、んぐっ、はああっ……」

黒ぶちメガネを飛ばす勢いで、美女は顔を離そうと抵抗した。

だが、義父は娘の頭を解放する気はなかった。口から孕ませんとばかりに、大量の白濁液を美女の喉奥へぶちまけていった。

満月が穏やかな光を部屋に送ってくる。

夏の蒸し暑さを和らげるべく、夜風がカーテンを揺らす。どこからか、犬の遠吠えが聞こえてきた。

＊

（やっとすべてが終わる……）

香織は義父の精子を飲み下し、安堵の息をついた。

春奈が庭で犯される前に、香織は徹底的に拓海から凌辱された。淫戯のテクニックを仕こまれ、上手くいかなければ何度もやり直しになった。

そこで、拓海から約束された。

「今夜、あの高校教師のオヤジを襲え。偉そうな教師面《づら》をはがして、下手《へた》にバラさないよう、鈴をつけて置かないとな。学生服を着て、アイツのチ×ポを加えろ。動画が撮れれば、すべて終わりにしてやるよ」

「本当に終わりにしてくれるの……」

「ああ、もう、限界があるからな……プレゼントも含めてな」

プレゼントとは、解放のことだろう。義父の精液など飲みたくはなかった。

ムッと青臭い匂いが鼻腔に残り、粘り気の強さが喉奥に引っかかる。しかし、香織は妙な満足感も覚えていた。

(あの高慢な義父さんが……)

和也と反りが合わなかった一番の理由。

それは、教師特有の高慢さだった。長年教職に就いて染みつく権力臭。時代錯誤も甚《はなは》だしいが、教師の中には、まだまだたくさん存在するのが現実だ。

プライド高い義父が、自分に欲情した挙句、凌辱魔に痴態を晒した。これで拓海は、河合家の出来事がいっさい外に漏れない保証を獲得した。彼が撮影した動画のうち、どれか一つでも公《おおやけ》に流れれば、一家の運命は破綻《はたん》する。

拓海の言っていたプレゼントとは、凌辱からの解放と香織は受け止めていた。

「ふうう、久しぶりにスッキリした……腰が砕けそうだ……」

憎悪を抱いていた男は、ご満悦の顔でベッドへ横になる。

「濃いのをどれだけ出したのよぉ……ふううっ……」

香織はベッドの上でペタンと尻をついた。

＊

ところが、拓海は予想もしない命令を言った。

「次にいこう。香織。義父の上にまたがれ」

「ええっ……」

衝撃的な言葉に、香織、和也とも唖然とする。

悪魔の青年は、平然と腕を組んだ。

「和也さん、香織の口マ×コで満足しているのか？　男ならセックスまでしないと終わりって言いませんよねぇ……まあ、終わらせたいなら、いいですよ。オレはどっちでもいい……」

香織は恐るおそる義父の顔を見た。

（お願い。もう、悪夢の続きは嫌なの。家族全員、性奴隷になってしまうわ……）

和也の眼が長女の胸へ移る。舐めるような粘っこい視線は、スカートへ落ちて、太ももへ続く。やがて、内股の間で止まった。

美女は慌てて股を閉じる。

「俺は……」

義父は牡欲剝き出しの表情で、しばらく沈黙したあと、

「香織と……セ、セックス……したい……」

これまでの無口な義父とは異なり、アッサリと肉欲に屈した。

拓海が和也の呟きに乗じてくる。

「ホラ、香織。休んでいる暇はないぞ。早く、和也の股間にまたがれよ。俺の命令に逆らったら、どうなるかわかっているだろ……」

ピクッと白い肌が震えた。

（これで終わりじゃなかったの……）

二十七歳の美女が口を尖らせたとき、義父が抱き寄せてきた。

「いや、義父さん……やめて……」

身体育教師の胸板に手をあてる。

想像以上に義父の身体は逞しく、何気なく接していた腕は丸太のように隆々としている。娘の朱唇があっという間に奪われる。荒ぶる息が胸元に伝わった。

（本気だわ……義父さん……）

一途《いちず》なディープキスは、拓海の緩急のついたモノとは違い、単調である。

息継ぎもできない勢いに、恋慕の情を感じる。鼻梁が入れかわり、互いの口内を弄《いじ》り合う。

「香織ぃ……はあむ……むはあっ……」

「はんっ、義父さん、母さんの前で……激しすぎるぅ……」

攻守の逆転に、香織がたじろいでしまう。和也の瞳には強い情欲の光があった。肩口から背中までをギュッと抱きしめられる。

「恥ずかしがることはないだろう……ただのスキンシップさ。それに、お前が言うとおり、たまには親子の関係ではなく、男女の繋がりになるのもいいことだ」

すっかり義父は教師、親の仮面を脱いでいた。

ゴクリと白い喉が鳴った。

義父の熱意あふれるキスに、嫌悪感が少しずつ薄れていく。ポニーテールの結線がほどけて、白い頬に黒髪がなびく。

「ちょ……はうんっ、本気なの……チュパッ、はうむ、ううん」

ブラウスの中で、艶めかしく乳房が揺らめいた。

（いや、義父さんとセックスなんて……）

拓海の命令でも、身体が本能的に拒絶する。

二十年以上の間、父親の役割を果たしてきた男を、セックスのパートナーとして扱えるはずがない。

「ホラ、アイツの言うとおり、腰を早く落とせ。お前も女として満足できていないだろ。俺が責任をもって、心身ともに充たしてやる」

唇が離れて、互いの唾液が糸となる間、義父はグイグイと肩を摑《つか》んできた。

「ああんっ、ちょっと待って！　いきなりゴムなしでやるつもり⁉　生なんて無理い……あんんっ」

蜜壺から愛液がこぼれて、義父の亀頭に垂れる。

ギンッと肉茎が太くなり、美女の悶える時間が長くなった。切っ先は花弁に当たりかける。

「いやあ、ここまでやるつもりはないの……」

「仕方ねえ……やっぱり、肉奴隷になれても、骨の髄まで牝犬にはなれねえか。おら、先生……抱き倒せ」

「ああ、せえの……」

「ええ、きゃあ……」

背後に拓海の気配を感じた瞬間、義父に強く抱きしめられる。うつ伏せになった美女の乳房が、和也の胸板で歪む。

「おい、香織。先生に寄りかかるな。膝を立てて、ケツを上に向けろ。先生よぉ……勝手にマ×コに入れるなよ。命令に逆らったら、この場で去勢してやるからな……」

親子は言いなりにならざるをえない。

和也は我慢できないらしく、乳房に手を添えてきた。

荒々しい鷲掴みに、香織は白い手を重ねる。

「オッパイぐらいは弄ってもいい。さてと……」

おぞましい予感に、香織は気が気でなかった。

*

(何をするつもり……)

アナルセックスの手ほどきは受けた。慣れない排泄器官を執拗に愛撫されて、痛みから悦びに変ったとき、気が狂ったのかと勘違いしたモノだ。

「何をするの!?　変なことしないで……お願い」

スカートを捲られ、真っ白なヒップが晒される。

「ホラ、サッサとケツを開け。チ×ポの代わりにナイフを突き刺すぞ」

「ああんっ……ひゃんんっ……」

パンパーンッと尻頬を叩かれて、小気味よい快感に唇を噛んだ。

(身体がおかしくなっている……)

くすんだ菊窪みをキスされ、ビクッと生尻をせり上げる。

ピンクの花弁に拓海の指が触れてきた。膣襞がうねり、叢は淫らに愛液で濡れ光る。

「やっぱり……ククク……」

不気味な嗤いのあと、あてがわれたのは極太のディルドーだった。

「いやあっ、そんな大きいオチ×チンは入らない……香織のが壊れてしまうわ」

美女の哀願に、拓海は恐怖の返答をした。

「壊れそうになったら、止めるさ。たぶん、コイツは入ると思う……」

香織は美貌を下に向ける。股座の隙間越しに拓海を見た。

(なんて大きさなの……)

日本人ではなく、黒人等の海外規格のディルドーを青年は手にしていた。中性的な白い手に、真黒な擬似棒は巨大に映る。

「救われたいなら力を抜くことだ。俺も破壊したくはないよ」

ゆっくりと黒い亀頭が押し込まれる。

無意識に桃尻を振り立てると、媚肉の裂け目が広がり、ペニスを呑みこんでしまう。丸い怒張が膣陰に入ると、香織は背中を反らせる。白い首にジワッと汗がにじむ。

「はあんっ、太いぃ……おぐっ……」

バサバサと黒髪を振る。フェロモンたっぷりの甘い匂いが三人を包む。

(何をしたいのよ……)

ペニスも太ければいいというものではない。一定以上の巨根になると、女身体は拒絶反応を示す。どんなものでも、さじ加減というのはあるのだ。

「ふむ……まだ入るな。もうひと押し」

ゴリッと膣道が抉られ、艶腰が苦痛と快楽に震える。

(拓海のより大きいじゃないの!?)

記憶したくないが、膣壺は嫌でも刷りこまれている。

桁違いの大物に、香織の肉壺がピシッと悲鳴をあげる。それでも、拓海はやめようとしない。

「おい、香織……大丈夫か。しっかりしろ……」

和也が乳首に思いっきり爪を突き立ててくる。

痛烈な刺激は、胎内の神経を剝き出しにする。侵入するモノの形状がハッキリとわかった。

「んんんっ……あああんんっ……拓海、もう無理よ……」

ドッと脂汗が白い裸身体に噴き出す。

息も継げない切迫感に身体はしなり、苦痛に顔を歪めた。すると、急に痛みが引いていく。膣奥の燃える掻痒感だけ残り、香織は驚いて、背後を見た。

「何だ？　気持ちいいのか、悪いのかハッキリしろよ。振り返る余裕があるってことは、気持ちいいだろ。この淫乱女が。やっぱり元の大きさに戻そう……」

「いやああっ、痛いのよぉ……オマ×コが破けちゃうぅ」

香織は必死に首を振り、卑猥な言葉を使って哀願する。

（大きさを変えられるディルドーなんて……）

肉汁に滾る膣穴が剛柱に拡張されていく。

（何で……拓海……苦しむ女に興奮するの!?）

圧倒的な大きさに、過充足の苦しみが美女にのしかかる。

「実際に販売しているモノだ。使えない女がいるってことは、コイツが不良品か、お前が見こみ違いか、どっちかなんだ……言っている意味はわかるだろ……」

変にドスが利いていないぶん、拓海の声は香織を必要以上にすくませた。

(使えなければ殺すってことね……)

自分が殺されるだけでは済まない。

家族全員が殺されるのだ。まだ、香織自身やり残したことはたくさんある。今、背後の凌辱鬼に命まで差し出すことはできない。

「ううう っ……はああっ……んんんっ……」

拡張の痛苦に顔を歪めて、美女は本能的に膣を収縮させる。

(少しでも苦しい時間を和らげるしかない)

膣筋肉を操作し、徹底的につらい時間を作り出す。逆に弛緩させる間、酸素を肺に蓄えて、痛苦に耐える気力をつけた。

拓海は香織の変化を褒めるように、桃尻を叩いてくる。

「そうそう。何事も創意工夫が大事。この一家の命運は、お前にかかっているからな。さあ、気持ちいいって言えよ……」

容赦ない鬼畜の命令に、美女の心は折れた。

「は、はい……気持ちいいです……ものすごい太さで、香織のオマ×コが喜んでしゃぶっています。奥のポルチオも……ううんんっ、感度が上がっていますぅ」

拓海の機嫌を損ねぬように、香織は声をしならせる。

ただ、微妙な変化が起こりだす。

*

「どうした、香織。何かあったのか……」

心配そうに義父が声をかけてきた。たわわな乳房に指がさらに沈みこんだ。

(痛みがなくなっていく……)

ほんのりとわずかではあるが、膣粘膜は柔軟に巨根へ対応していた。だんだん、痛みは引いていて、膣陰は巨大なペニスを完食した。

「ふふふ、やっぱり俺の見こんだ女だ。ここ数年で狩った美女の中でも、香織は一番だな。さて、ゆっくり抜いてやろう……」

「お願い……早く抜いてください。香織のオマ×コがガバガバになっちゃう」

ポロポロと珠玉の涙が頬を伝う。

(病みつきにされる前に取って……)

香織の膣は確実に開発されていた。

ポルチオや膣ヒダ、Ｇスポットから膣陰まで、もどかしさや性感の強さ、快感の微妙な違いまで調節されている。

もう、拓海の思惑に嵌まりたくなかった。

だが、青年は冷酷に言い放つ。

「大丈夫だ。アバズレマ×コじゃあるまいし、超一流の膣壺だから、すぐ元に戻る。戻らなくても大丈夫。俺専用のオナホールになればいい」

支離滅裂な回答に、美女は鼻を啜った。

案の定、黒い巨塔はあっさりなくならなかった。

「ちょっと！　さっさと抜いて！　ああ、なんでまた……」

「馴染ませないと意味ないからさ」

「んあ、ああ、やあっ、入ってこないで……」

亀頭冠が膣陰の肉ヒダから飛び出す瞬間、逆に挿入される。

「素敵だな、香織。ヒップがいやらしくうねっている」

「その太いのに埋められたくないだけ。ああ、やああっ……」

「つれないこと言うなよ」

「やあ、んんんっ……」

香織はクネクネと白い裸体をくねらせて、頬を膨らませる。

「甘い汗だな……生々しい香織の匂いを」

「は、ああ、んあっ、いやあ、舐めないでぇ……」

刷毛《はけ》塗りの汗が背骨の溝に溜まり、青年にキスの嵐をくらった。

「ディルドーが本当に使えるなら、試さない手はないだろ。安心しな。コイツにいつまでも香織のマ×コをくぐらせないよ」

ググっと桃尻をせり上げてしまう。

(何で感じちゃうの……ああ、擦れる瞬間が堪《たま》らない……)

黒い巨塔は三往復目になっていた。

膣路をスムーズに出入りし、カリ高なエラの曲線が、膣粘膜の高低差を踏み潰してくる。グチュグチュと水音が奏でられるたびに、香織の網膜に紅い火花が散る。

「ククク、順応性が高いねぇ。香織……軽くイケ。ホラ。遠慮する必要はない」

のろいグラインドが急に止まる。

流麗なボディラインが前後に揺れる。香織は自ら妖艶な裸身体を振っていた。フワフワとスカートが靡《なび》き、汗でへばりついたブラウスの皺がよる。

「ああ、そこダメェ……角度を変えないで……ううんっ、ああ、あひい、ああんんっ……いやあ、イキたくない……」

二十七歳の美女は悩ましくアクメを拒絶する。

(気持ちよすぎて辛いの……)

ありあまる快感を脳が受けつけられなくなっている。もし、これ以上の快感を享受《きょうじゅ》するなら、一段、また一段と理性のタガを外さなければならない。

つまり、牝犬へ着実に近づくことになるのだ。

「なんか、気持ちよさそうだな。香織……」

「見ていないで、助けてぇ」

「オッパイを楽しむので、頭がいっぱいになっているよ」

「ハハハハ、愉快な親子だ……」

香織は絶望感に襲われた。義父の手が白いメロンバストを自由自在に変えてくる。同時にへそ回りへペニスを押しつけてきた。あまりに淫らに女体がよがり、牡棒のやり場に困ったらしい。

(この義父さんのペニスが……ディルドーと擦れて)

和也の肉塔は生々しい熱欲を孕んでいる。下腹部を突き破らんとする黒い巨塔に、並の太さの肉棒がマッチしてしまう。

ギュッと香織はシーツをつかみ、柳眉をたわめた。

ディルドーにイカされる屈辱が興奮を掻き立て、義父の淫棒と錯覚していた。カクカクと太ももが揺らめき、桃尻は大きく波打った。

「ああ、香織ぃ……イキます……イクッ……」

今度は二人の牡は射精してこなかった。

ただ、蔑《さげす》むような視線で身体中を舐めまわしてくる。ゆらゆらと白い身体が揺らめいた。

(また、拓海の思惑どおりに……)

極悦に浸る身体から、ディルドーが抜かれていった。愛液が白蜜となり、絡みついた棒を、拓海はニヤニヤして眺めていた。

＊

「じゃあ、仕上げに入ろう。先生、香織のマ×コを使っていいよ。コイツを入れてからね……俺はアナルを使わせてもらうから……」

「え、いいの。ふう、ようやくシッポリ香織を抱けるのか……」

流麗な裸体が小刻みに震えた。

「はあ、ふうう、ええ、もう終わりでしょ。それに、二人同時なんて、香織は初めてだし、聞いてないわ……」

「そりゃ、言ってないからなぁ。おまけに、二穴同時だが、二本ではないよ。ちょうど、先生と同じ大きさのディルドーバイブレーターを入れるから。黒いやつは、先生の二本分だ」

息を荒げながら、香織の中ですべての謎が解けた。

(三本責めをされるの……これが拓海の最終目的……)

凌辱を繰り返す青年の見いだした方法なのだろう。

短期間で暴行を受けた美淑女の大半は、詳細を警察にも語らないと聞いている。最初は、性暴力故の心の傷の深さだと、半ば紋切り型に香織は捉えていた。だが、違ったのだ。

背後にいる悪魔の青年が犯人ならば、官能という心の快楽の深さを刻みつけたせいなのだろうと思った。

「あんんっ……後ろの穴は嫌なの……ああ……」

「お前の感想は聞いてねぇ。これから、先生とシッポリ牝犬に堕とす」

「おおう、香織のオマ×コとバイブレーターの刺激がたまらん」

ヌルヌルッと膣洞には、二本の肉棒が簡単に入ってきた。生々しい熱と微妙な振動が奥ゆかしい快感となって、香織の桃尻を揺らす。

「ああ、いやああっ……」

ハート形の尻肉を両手でつかまれる。義父の胸板に横たわる美女が振り返った。青年の瞳が蒼く光っていた。

「この征服感が堪らなく好きだ……」

「いや……いやあああっ……」

断末魔の叫びは、義父の接吻でふさがれた。

谷間の深い白い巨峰の穴には、美女のきめ細かい肌から噴き出した汗が溜まっている。若々しく鋭い肉槍がズブリと菊穴に突き刺さった。

「おい、肛門を緩めろ。括約筋が伸びるぞ」

「だったら、アナルセックスはよして！」

「ほかに入れる穴がないからな」

「ああんっ、アソコといっしょに痺れちゃうぅ……」

香織は甘い悲鳴をあげた。

ゆっくりと肉柱が嵌まり、皺模様はなくなっていった。圧迫感に腹部が襲われる。美女は懊悩な表情でよがりまくった。

「ふうう、入っていく……」

拓海の安堵の声を聞いて、香織は震え上がった。

「やああっ、三本のペニスが、わたしのお腹に……」

衝撃の事実が、二十七歳の美女に立ちはだかる。

(初めはこんなに痛いのに……すぐ気持ちよくなる)

括約筋の洞を通過するまでは、鈍器で殴られる痛みが突き抜ける。やがて、肉塊が腸壁に収まると、むず痒い肉癒に充たされていく。

「ああんっ、無茶苦茶よぉ……三本刺しなんて……あ、ありえない」

牡二人の圧力に、美しくか弱い牝の抵抗はあっけなく崩れる。青年は早速罵倒を開始する。

「香織は文句言うけど、腰は振っているよな。もう、先生と俺のオチ×チンがいいだろ。この牝犬女！　ホラ、いいだろ！　どうだよ！」

二十七歳の美女は血を吐くように、喚いた。

「冗談じゃないわ。本来、アンタみたいなガキに感じるはずないのよ。わたしは牝犬なんかじゃない……清楚で上品なの。大学も行っていないアンタなんかの思いどおりになるものですか」

どうしても、第一声だけはあらん限りの言葉を尽くして、香織は抗弁しておきたかった。

(本当は、アンタが相手にできる女じゃないのよ)

絶対に拓海の思惑どおりに屈しないという意思だけは示しておきたかった。

「その台詞、何回も聞いたね……」

「いやあっ、んあっ、スローテンポはいやあっ……」

哀れみをこめた言い草に、美女は身体をひねらせる。

だが、青年の腰繰りは、義父やディルドーと比較にならなかった。

(コイツ、なんてすごい突き方なの……)

ただ、微に入り細を穿《うが》つだけではない。

無茶苦茶なリズムで律動する和也と正反対に、ゾロリ、ゾロリと臼で粉を挽《ひ》くように慎重な抽送をしてくる。

「ああんっ……アソコが燃えるぅう……ひいんっ……」

胸を反らして、香織はあえぐ。義父の手が両房をつかんでくる。

（誰か……助けて……）

宙に白い腕をフラフラと伸ばす。すると、拓海に手首をつかまれて、手綱《たづな》にされた。快楽の火花が身体中で弾ける。

ゴリゴリッと腸壁が猛烈に擦られて、美女は大きな眼を瞬かせる。

「いやあ、そんなに激しく動かないで……そこはマ×コじゃないの。アナルなの」

「どっちも同じだろ……香織にとっては……」

耳たぶを甘噛みされて、凛々しい顔がよがった。

（性感が昂りすぎて……）

＊

ズボズボ、グチュグチュとさまざまな音色が混ざり合う。二人の牡肉と一人の牝肉が揉みくちゃに擦れ合い、求め合い、抱き合う証拠だった。

「香織のオマ×コは凄いな……志乃もここまでトロトロじゃなかった」

義父の素直な感想をぶつけられて、恥ずかしさがこみ上げる。

「ククク、マ×コを褒められてケツマ×コの締まりがよくなってやがる。大した女だよ、香織……三本責めの虜《とりこ》にしてやる……オラオラ！」

ハラワタが掻き乱されて、何もかもグチャグチャになったような錯覚に陥る。

ディルドーは義父の肉棹に密着しつつ、引き摺られるかたちで、微妙に異なるリズムの刺激を与えてきた。

「ちょっと、いやっ、ああ、あっ……」

二穴刺しを受けて、香織は困惑する。

（リズムがメチャクチャ……）

ふたりの肉棒と、ディルドーの振動が、シンクロしない。抜き差しの息もあっておらず、統一感に欠けていた。

「ああんっ、いやああっ……」

パアンッと桃尻が鳴った。

「香織。チ×ポのペースは、先生に合わせろ。いいな」

「は……い。あんっ、んあっ、はあああっ……」

拓海は冷静に指示を出してくる。

（ええ、どうして、なんで……）

義父の抜き差しは、規則的だ。振り子時計のリズムに合わせて、香織は腰を振りたくった。

「んおおお、すごい締まり方だ」

「ククク、いい反応だぜ」

二匹の牡は上機嫌だった。

「ああんっ、香織の中に生で入ってきちゃうぅ……」

滝のような汗をまき散らし、柔肌を揺する。

(刺激が止まらない……)

三拍子の義父のリズムに合わせると、不規則な拓海のペニスが、思いもよらぬタイミングで抉ってくる。

それが、堪らなく心地よかった。

やがて、義父の呻きが大きくなる。

「あ、ダメだ、拓海君……俺、先にイクぞ……」

「え、ちょ、義父さん、中で出さないでぇ……あんんっ……」

「先生、香織の子宮に注いでください……去勢されたくなければね」

「いやよ、絶対に……あ、あああぁっ……」

不潔に孕んだ熱が子宮へ広がるのを感じた。義父に中出しされた衝撃に加えて、性関係を結んでしまったことに、香織の眼の前は真っ暗になった。

しかも、嫌な予感は負の連鎖を生んだ。

＊

射精を終えたあとも、義父は香織の膣壺からペニスを抜く気配がいっさいない。明らかに弛みつつある肉棒でピストンを継続してきた。

「義父さん、いつまで入れているの！　んんっ、早く抜いて」

キッと切れ長の瞳で睨み下ろすと、和也は肩を窄めた。

「まだ出しきっていない。何年も我慢していたからな」

感慨深く義父は娘の豊乳を揉み散らかす。

(誰も聞いてないわ……え、あう、そんな……)

ビクビクッと桃尻が違和感に跳ねる。

「志乃は知らない。秘密にしておいてね」

「秘密って……いやよ……早く抜いて」

香織が大きな声で叫んだ瞬間、ズシンッと背筋に衝撃が走った。

「牝犬がつべこべ言うなよ。吠えるのはよがり声とあえぎだけ。変なこと言ったら、お尻ペンペンするぞ！」

「調子に乗らないで……んんあっ、いや、いやああっ……」

パンパンと肉太鼓が躍り、三つ編みの髪が跳ねる。

（お尻から責められているのに……）

拓海の肉柱は、角度を変えて香織に襲いかかってくる。極太のペニスに膣粘膜がおへそ側に押し出された。その影響で、義父とディルドーのエラ張りに、膣粒がガリガリ削られていく。

（間接的に抉られている……）

青年のペニスの威力は、香織が一番知っている。

膣襞が痙攣を始めだす。キリリと義父のペニスを締め上げると、あっけなく二回目の吐精を子宮が感知した。ジワジワとハラワタに広がる子種の熱に、香織は悲鳴をあげる。

（もう、孕んでしまうわ……）

子宮に義父の精液をたくさん浴びてしまった。さすがに三発射精した義父は、何もかも尽き果てた様子でベッドに伸びていた。

「ち、だらしねえ親父だ。もう少し持つかと思ったけどな。ふふふ、どうだい香織……三本締めの感想は……」

志乃と義父を脇に押しやり、拓海は白いシーツをかけた。キングサイズのベッドは広く、二人のスペースを除いても、充分二、三人が横になれるくらいほどだった。

「二度と御免だわ……もう、あなたも十分でしょ？　解放してちょうだい。お願いぃ……あう、アソコが疼く……」

膣奥から精子を吐き出し、香織は困惑の表情を浮かべる。ブラウスは甘い汗でグッショリ濡れていた。スカートといっしょに脱ぎ捨てて、余ったシーツを被る。

「なぜ、香織はマ×コが疼くかわからないのか……もう、先生のペニスじゃ満足できないよ。俺のチ×ポじゃないと……」

「馬鹿なこと言わないで……気のせいだわ。あう、うう、くっ……」

悔しさが胸にこみ上げ、美女は濡れた瞳で青年の股間を見つめる。

(あの大きさのペニスなら、イキかけた香織も心地よく……)

おぞましい妄想がよぎり、ブルンッと白い乳房を両手で覆う。

「頑固な女だな……さっきあれだけヒイヒイ言わせたのに……」

拓海はそっと近づいてきた。

「近づかないで……もう、あ、あううっ……」

スラリとした脚を閉じたが、クルッと回されて、背後から挿入される。ポッカリ開いた花蕊に、青年の亀頭はすんなり侵入してくる。

「卑怯者……勝手に挿入しないで……いやあ、ああんっ……」

「やっぱり子宮がかぶりついてきた」

ニヤリと拓海は嗤い、股座をこじ開けられる。二人は座位になった。

(勝手に膣が……)

子宮が引いている。青年の怒張を待ちかねていたように、奥ビラは亀頭に張り付く。

「これで、ようやく俺専用の牝犬ができたわけだ。志乃と春奈は、時間が経てば自動的に牝犬になる。香織のマ×コは超がつくほど、出来がよかったからな。俺だけを選択するように躾けるには、先生とディルドーのペニスが必要だった」

「アンタ、勝手に自己完結しないで……あああんっ……」

ヌルンッと快楽神経を亀頭に擦られて、香織は濃艶な声で吠えた。

「締まりも抜群だな。春奈もそうだったが……香織のマン肉は、責め立てると、ザラメが出てくる。出来の良さが際立っていた。まるで、肉ヤスリだ。だから、病みつきになる」

「ああんっ……決めつけないで……ああ、ああんんっ……」

堪えきれない甘い嬌声が、白い喉から独りでに飛び出す。

「じゃあ、朝まで残り三発くらい出させてもらうか」

「やめてえ！　完全に孕んでしまうわ……ああんっ！　いや、はうっ、んんあ……硬いのぉ……」

クンクンッと青年は股間を動かしてくる。またがる香織は何もできず、ただ身体中に響き渡る快楽の音色に心を委ねるしかない。拓海の首にしがみつく。

（何でこんな気持ちいいのぉ……）

今までとは違う景色があった。寄せ木細工のようにキッチリと結合し合う性器のみが奏でる劇悦の嵐。その大波に呑まれる女体はユラユラと桃尻をくねらせた。

「素敵だな、香織。ヤルにつれて、お前は綺麗になる。もっと俺を求めなくてはいけない」

「はあん、香織のオマ×コがキュンキュンしている」

「そうだろ……オラ……」

「拓海のオチ×チン、いいのぉ……ああん、形も大きさも何もかも……いい、いいわぁ」

銀色の眩い世界が脳裏を覆い、眼前に薔薇色の光景が見える。脳内が爆発する衝撃に、妖艶な身体が揺らめきたち、そのあとにとてつもない安堵と肉癒が脳細胞へ行きわたる。

（やだあ、認めてしまった……彼を……）

ついに堕ちたのだと香織は悟る。

＊

天を仰ぐ美女は、胸の膨らみを相手の顔に押しつけた。ギンッと肉棒の漲りが増すと、腰は慄き、子宮は痙攣を強めていく。

（ああ、本イキが近い……）

女壺の隅々からプルプルッと小刻みな痙攣と収縮が繰り返される。キュウッと肉棒に巻きつく膣襞のスジが蠢きだす。

「くくく、香織、思いっきりイケよ。俺が思いっきり中に出してやる」

二十七歳の美女は獣と化す。

汗だくの白い肌を揺らして、甘い声を吠えまくる。手足を牡の身体に巻きつけて、せり出す桃尻を叩きつけた。ザワザワと収縮する子宮が崩壊し、膣の堤防が決壊する。

「あああ……香織……イク……身体がバラバラになりそう……ああ、イグッ！」

鋭く強い叫びに、身体中が痙攣を始めた。膣筋肉にギリリと喰いしばられた肉棒は、ズルッと子宮奥へ撃ちこんできた。牡欲に怒張が一瞬膨張し、子種を弾かせていった。

「おうっ……俺もイグッ。喰らうんだ、香織！」

ドバっと熱射を浴びて、グンッと裸体は美しくしなった。全身の汗を周囲にしぶかせながら、香織はいつまでもあえぎ声を止めようとはしなかった。

◉新人作品**大募集**◉

マドンナメイト編集部では、意欲あふれる新人作品を常時募集しております。採用された作品は、本人通知のうえ当文庫より出版されることになります。

【応募要項】 未発表作品に限る。四〇〇字詰原稿用紙換算で三〇〇枚以上四〇〇枚以内。必ず梗概をお書き添えのうえ、名前・住所・電話番号を明記してお送り下さい。なお、採否にかかわらず原稿は返却いたしません。また、電話でのお問い合せはご遠慮下さい。

【送付先】 〒一〇一‐八四〇五 東京都千代田区神田三崎町二‐一八‐一一 マドンナ社編集部 新人作品募集係

訪問調教《ほうもんちょうきょう》 奥《おく》さんと娘姉妹《むすめしまい》を犯《おか》します

二〇二二年二月十日 初版発行

著者◉星凛大翔【せいりん・やまと】

発行◉マドンナ社
発売◉二見書房
東京都千代田区神田三崎町二‐一八‐一一
電話 〇三‐三五一五‐二三一一(代表)
郵便振替 〇〇一七〇‐四‐二六三九

印刷◉株式会社堀内印刷所 製本◉株式会社村上製本所 落丁・乱丁本はお取替えいたします。定価は、カバーに表示してあります。

ISBN978-4-576-22003-1 ◉Printed in Japan ◉©Y.seirin 2022